道是无情却有情

郳波品诗词与人生 肆

郳波 著

学林出版社

总序

诗词无用的年代，我们为什么还要读诗？

"诗词到底有什么用？"

一位同学曾经这么直白地问我。

既然他这么直白，我也只好直截了当地告诉他："没什么用！几乎没什么用！"

不过，庄子也说过："无用之用，方为大用。"

在诗词大会上，给我印象最深的是一位叫白茹云的大姐。场上我称她为大姐，董卿和康老师也跟着叫大姐，结果她还不乐意了，说其实自己很年轻，比我们都小。这时董卿说的一句话代表了我们的心声："这声大姐喊的不是年龄，是我们的敬重！"

就是这位普普通通的农家女子，她务农为生、家境清贫、病痛折磨、现实沉重，但她始终过着"诗意的人生"。

白茹云六年前就被查出了淋巴癌，丈夫在外打工，收入微薄，家中经济拮据，为治病欠下很多债。弟弟自小脑中生瘤，一发作就拼命抓头，为了照看、安抚弟弟，她开始为弟弟念诗、唱诗，由此走上了热爱诗词的道路。在生活的重重重压面前，白茹云一路走来，却没有丝毫的沮丧、不甘、愤懑与埋怨，她说因为有诗词一路陪伴，她说因为她喜欢那句"归去，也无风雨也无晴"。当她在诗词大会上念出郑板桥的那句"千磨万击还坚劲，任尔东西南北风"时，我感慨地评点说："拥有如此淡定气魄的白大姐，真是我们每个人人生的一面镜子啊！"

让我印象深刻的还有一位十六岁的中学生姜闻页，在赛场失利后，在他人咄咄逼人的气势下，她淡定地说出："草木有本心，何求美人折。我既然怀有颗喜爱诗词的初心，又何须输赢和胜负来鉴定我对诗词的热爱。"

那一刻，我忍不住评价说："诗者志也，诗者心也，在我眼里，你才是真正的赢家！"

还有武亦姝，还有陈更，还有曹羽，还有彭敏，还有北师大校园里的"快递小哥"，还有油田钻井平台上的"诗词男神"……还有很多很多这样平凡却优秀的人，他们"腹有诗书气自华",他们用诗词荡涤着灵魂,让世人看到即使在现实的重重迷惑中,仍有诗意的栖居,就在你我身旁!

其实,不只是诗词大会上的选手们,我想,在生活的角角落落,在生命的时时刻刻,一定有很多因为热爱诗词而坚守自我灵魂的人。这让我不由得想起柳宗元的那首《江雪》。诗云:

千山鸟飞绝,万径人踪灭。

孤舟蓑笠翁,独钓寒江雪。

这是我们熟得不能再熟的诗了,可是说到这首诗的作用,很多人却未必明了。

联系柳宗元的人生经历我们就会知道,在这首《江雪》里,苦楚与孤独一定有,但超越与升华也同样在。其实,它最大的奥秘就在找回自我,达成与自我的和解。

柳宗元出身河东柳氏,是赫赫有名的名门望族,母亲则出身范阳卢氏,在看重门阀与贵族出身的唐代,这样的家世使得他少有凌云之志,久怀兼济之心。加之年少扬名,二十出头又高中进士,所以意气风发,锐意进取,终以极大的政治热情加入了永贞革新的改革。可是命运却兜头浇下一盆冷水,改革失败,柳宗元携母远谪永州。因气候恶劣，水土不服，柳母在永州不到一年就病逝了。

柳宗元终于被逼到了人生的绝境——"千山鸟飞绝，万径人踪灭。"一切生机全无，一切希望湮灭！

可是，就是在人生最逼仄的困境里，一首诗、一首短短的五言绝句，却让柳宗元重新找回精神的自我——"孤舟蓑笠翁，独钓寒江雪！"山山皆白，万径绝灭，当尘世的喧嚣与浮华成为被摒弃的背景，那个"久在樊笼中"的自我，那个"我"身上早已丢失的灵魂，才终于被完整地找回。

其实，不只是柳宗元，还有"种桃道士归何处？前度刘郎今又来"的诗豪刘禹锡，还有"路漫漫其修远兮，吾将上下而求索"的三闾大夫屈原，还有"仰天大笑出门去，我辈岂是蓬蒿人"的李太白，还有"问汝平生功业，黄州惠州儋州"的苏东坡，还有"至今思项羽，不肯过江东"的女中豪杰李清照，还有"了却君王天下事，赢得生前身后名"的辛弃疾，还有"僵卧孤村不自哀，尚思为国戍轮台"的陆放翁，还有"险夷原不滞胸中，何异浮云过太空"的王阳明……数不胜数，叹不胜叹。

历代前贤，志士仁人，莫不从一首诗、一句词里重塑过精神世界里伟大的"自我"。正是因为有精神世界的人格追寻，才终于成就现实世界的人格魅力。

所以诗词的用处是什么？

当人生得意时，我会提醒自己："不识庐山真面目，只缘身在此山中。"

当人生失意时，我会提醒自己："雄关漫道真如铁，而今迈步从头越。"

当面临非议与诋毁时，我会在心底告诉自己："谁怕？一蓑烟雨任平生！"

当在医院查出肿瘤时，我会笑着对安慰我的医生朋友说："人生自古谁无死，我也有丹心照汗青。"

当人生踽踽独行、孤单寂寞，甚至孤独包裹、苍凉袭来时，我会在心底一遍遍地默念："试问人间应不好？却道，此心安处是吾乡！"

所以，诗词从来不是决定输赢、彼此攻击，甚至提供炫耀、以资傲娇的力量。

诗词只给人以修养，给心灵以港湾，给灵魂以芬芳。所以诗词是且只是一种抚慰心灵的力量、塑造精神的力量、滋养灵魂的力量！

那么，这种抚慰、塑造与滋养，该从哪里开始呢？

审美！

审美是一种能力，是一种出发，也是一种归宿。

读出诗歌背后的美，读出文字背后的灵魂与人生，或豪放，或婉约，或精致，或壮阔，让我们的心随之律动，与之交融，享受这样一段有关诗词的美的历程。

来吧——

人生自是有缘

相逢未必偶然

把手，高举过星辰

让对面的我

看见你，诗词的灵魂

……

丁酉暮春于石头城畔水云阁

代序

透过诗词，追寻人生的真谛

这本《道是无情却有情》，是我的"郦波品诗词与人生"系列继《人生自有境界》《诗酒趁年华》《最是人间留不住》后的第四本结集。

在前三本书中，我跟朋友们反复讲述了我的一些看法，希望能够帮助大家在领略诗词之美的同时，还可以品出人生之美、人生之味。其实，诗词于人生有其无用之大用，一为与自我达成和解，二为与他人和解，三为与天地自然和解，然后在和解的过程中找到生命的真谛。

知人论诗，知人论世，可以说是我们解读诗歌最重要的方式之一。

在这本《道是无情却有情》中，一首《竹枝词》把我们带回大唐，望向被贬到巴山楚水间长达二十余年的刘禹锡。

通过回顾刘禹锡的时代，我们可以看到，比之李白、比之杜牧、比之苏轼、比之辛弃疾，"诗豪"的豪放更是一种人生本色的豪放。即便是"巴山楚水凄凉地"，他也会笔锋一转，写出"沉舟侧畔千帆过，病树前头万木春"。

刘禹锡与柳宗元命运相同，却性格不同。他极为坚韧、百折不挠，到了贬所之后，他不像柳宗元在凄苦之境吟出"千山鸟飞绝，万径人踪灭。孤舟蓑笠翁，独钓寒江雪"，而是在每一个贬谪之地，和当地的百姓迅速打成一片。在别人看来贫穷、逼仄的困境里，他却能重新觅得生活的希望与乐趣，达成与自我的和解。

这种积极的心态、姿态，再加上无与伦比的才情，令他的《竹枝词》开百代之先，成为古今《竹枝词》创作的当然样板、成为经典中的经典。一句"东边日出西边雨，道是无晴却有晴"成为千古名句。而我之所以取其谐音，以"道是无情却有情"为题命名这本书，是由于亲情、爱情、友情，所有这些人生至情，都是我们抹不去的生命底色。

宋代文人中，苏轼自然是我最喜欢的。"乌台诗案"、新旧党争，他一生多次遭到贬谪，后半生一直处于颠沛流离之中。

　　身在黄州，不光是精神的苦闷，物质生活的艰苦也是苏轼此生从未遇到过的。黄州本质上是他的羁押之所，没有俸禄，也就断了经济来源。但也正是在东坡的耕作之中，苏轼完成了人生的蜕变。他开始反思人生，不仅反思自己的牢狱之灾，还有此前全部人生岁月的格局、视野、喜好与得失。他在灵魂的深处直面过往的自我，绝往日之非，也找到对理想、信仰的坚持。就在这种反思和寻找之中，曾经的苏轼，现在的东坡居士，放下了那些自以为是的浮华，找回了自己的本心。

　　北宋文人党争中新党著名的成员章惇，得志之后极为偏激，苏轼等人都栽在他的手里。苏轼后来之所以被流放到惠州，被流放到遥远的海南岛，都是因为这个章惇。章惇倒台后，苏轼已经在流放中耗尽了生命，凭借着强大的精神力量回到中原。此时的东坡先生写了两封信给章惇的母亲和儿子，在这两封信里，他达成了与他人的和解，达成了与世界真正的和解。

　　"空山不见人，但闻人语响。""曲径通幽处，禅房花木深。""树绕村庄，水满陂塘。"王维的《鹿柴》、常建的《题破山寺后禅院》、秦观的《行香子·树绕村庄》等诗词中所描摹的一幅幅美景，引领我们徜徉在历史的长河中。这些诗词中，反映出的自然之美与文化的内涵，便是"和"。中国的诗歌到了第三个层次，是与天地自然的和解，并在和解过程中找到生命的真谛。诗词里反映出的是我们对于生命的探寻，而这些探寻又深深融入我们文化的根里。

在许多次讲座中，我都被问到这样的话题："是什么能够支撑你在路上风雨兼程，知行合一呢？"我回答说："最重要的，就是情感、思想与信仰。"

关于信仰，中国不同于西方。我们文化的本质，是先贤崇拜。所以中国文化的两种品质，一是自我的成长，二是兼收并蓄的包容。

我有一位德国"知己"——德国不来梅大学前任副校长李笔德。他以德国人的严谨思考，指出东西方文化的本质区别在于：西方文化的本质是他救，东方文化的本质是自救。我深以为然。

中国人认为，不懂得自我修养，自我检点，自我救赎，就会天地不容。孔子云："学而时习之，不亦说乎。有朋自远方来，不亦乐乎。"自我的救赎，正是薪火相传的真正奥秘。完成自我的救赎和自我的成长后，仁人志士们集合在一起，担当起社会发展的使命，在先贤的基础上寻找发展的力量。而所有这一切，都承载在我们的文明中，承载在我们的文化中，承载在我们的诗词中。

也正因为如此，我希望能够沿着诗词意境，与读者诸君由诗词入门，到文学的殿堂感悟人生，探寻中华优秀文化的根本，用短暂的生命追寻永恒的价值与光明。

2020 年 4 月 23 日于石头城

目录

01 总序：诗词无用的年代，我们为什么还要读诗？

07 代序：透过诗词，追寻人生的真谛

01 浊酒一杯家万里
——《诗经·小雅·采薇》

11 以理服人
——汉乐府《长歌行》

19 凄清之景中一抹温暖的色彩
——王维《鹿柴》

27 一片冰心 照耀古今
——王昌龄《芙蓉楼送辛渐》

37 曲径通幽禅意深
——常建《题破山寺后禅院》

45
我们就是李白 李白就是我们
——李白《静夜思》

57
不与傻瓜论短长 不废江河万古流
——杜甫《戏为六绝句（其二）》

67
刘郎一曲竹枝词，道是无情却有情
——刘禹锡《竹枝词（其一）》

77
精神的力量
——刘长卿《长沙过贾谊宅》

85
山雨欲来风满楼
——许浑《咸阳城东楼》

95
曾经最美的爱情 曾经最好的人间
——李煜《玉楼春·晚妆初了明肌雪》

103
在路上
——温庭筠《商山早行》

113 红尘中的赤子心
——苏轼《定风波·莫听穿林打叶声》

121 春风十里，何如有你
——秦观《行香子·树绕村庄》

129 只流清气满乾坤
——王冕《墨梅》

137 随园里的时光
——袁枚《苔》

149 印象纳兰
——纳兰容若《浣溪沙·残雪凝辉冷画屏》（上）

157 我是人间惆怅客 不是人间富贵花
——纳兰容若《浣溪沙·残雪凝辉冷画屏》（下）

浊酒一杯家万里

——《诗经·小雅·采薇》

诗中的这个战士,一方面,心存浓郁的怀乡情怀;另一方面,也胸怀强烈的战斗意志。在诗歌里,交织着恋家思亲的个人情感,以及为国赴难的责任和担当。

采薇采薇，薇亦作止。曰归曰归，岁亦莫止。
靡室靡家，狁之故。不遑启居，狁之故。
采薇采薇，薇亦柔止。曰归曰归，心亦忧止。
忧心烈烈，载饥载渴。我戍未定，靡使归聘。
采薇采薇，薇亦刚止。曰归曰归，岁亦阳止。
王事靡盬，不遑启处。忧心孔疚，我行不来！
彼尔维何？维常之华。彼路斯何？君子之车。
戎车既驾，四牡业业。岂敢定居？一月三捷。
驾彼四牡，四牡骙骙。君子所依，小人所腓。
四牡翼翼，象弭鱼服。岂不日戒？狁孔棘！
昔我往矣，杨柳依依。今我来思，雨雪霏霏。
行道迟迟，载渴载饥。我心伤悲，莫知我哀！

在《诗经》中，我非常喜欢《采薇》这首诗，同时也觉得它是一篇一直被误读的佳作。

采薇采薇，薇亦作止。曰归曰归，岁亦莫止。
靡室靡家，猃狁之故。不遑启居，猃狁之故。
采薇采薇，薇亦柔止。曰归曰归，心亦忧止。
忧心烈烈，载饥载渴。我戍未定，靡使归聘。
采薇采薇，薇亦刚止。曰归曰归，岁亦阳止。
王事靡盬，不遑启处。忧心孔疚，我行不来！
彼尔维何？维常之华。彼路斯何？君子之车。
戎车既驾，四牡业业。岂敢定居？一月三捷。
驾彼四牡，四牡骙骙。君子所依，小人所腓。
四牡翼翼，象弭鱼服。岂不日戒？猃狁孔棘！
昔我往矣，杨柳依依。今我来思，雨雪霏霏。
行道迟迟，载渴载饥。我心伤悲，莫知我哀！

关于这首诗的白话翻译有不少，多是散文式的。而武汉大学尚永亮教授有一个韵文版的演绎，既通俗晓畅，又颇为传神。他的翻译是这样的：

采薇菜呀采薇菜，薇苗已经出土。说回去呀说回去，已经到了岁暮。我们远离家园，是由于猃狁的侵入。我们无暇休息安居，是由于猃狁的侵入。

采薇菜呀采薇菜，薇苗已经柔嫩。说回去呀说回去，心中实在忧闷。内心有如火焚，腹内饥渴难忍。我们戍边还没定止，没人给我往家带信。

采薇菜呀采薇菜，薇苗已经粗硬。说回去呀说回去，一年又到了初冬。王事没有宁息，我们无暇安居休整。忧闷之心真痛苦，回归之事又落空。

那光彩鲜艳的是什么？是盛开的棠棣之花。那高大华丽的是什么？是将帅乘坐的车马。兵马已经起驾，四匹雄马高又大。怎敢安然驻扎，一月三次把猃狁攻打。

驾起那四匹雄马，四匹马威风凛凛。将帅乘车指挥，士兵依车蔽体。四匹马步伐整齐，弓和箭袋装饰美丽。怎能不天天戒备，猃狁来犯太紧急。

昔日出征之时，杨柳飘拂依依。而今归来之日，雨雪漫野纷飞。道路崎岖漫长，腹中又渴又饥。我的心何等哀伤，谁能了解我的深悲。

这首诗比较长，我们就不逐字逐句地解读了，下面重点来看一看它被误读的地方。

首先是一个细节，就是采薇的"薇"。

《诗经》里的杰作都来自生活，尤其是《国风》中的名篇。虽然这首诗出自《小雅》，但很多学者都认为，它更像《国风》里的佳作。

以前我每次吃到南方人特别喜欢吃的一道菜时，就会不由自主地想起这篇《采薇》。这道菜其实全国很多地方都有，叫豌豆苗。很长一段时间，我和很多人一样，以为这个薇草就是我们常吃的豌豆苗。后来才发现，这里面其实有一个误区。

南宋赵彦卫在《云麓漫钞》中说，薇草就是巢菜，并十分肯定地说，汉东人以豌豆苗为菜，号巢菜。但其实这是一个朦胧、模糊的解释。还是陆游比较认真，他是浙江人，又长期在四川工作，对巢菜了解得比较清楚。

陆游在《老学庵笔记》说中，巢菜其实分为两种，大巢菜和小巢菜。大巢菜就是野豌豆，也就是《采薇》中的薇菜。而我们平时吃的豌豆，其实是到秦汉以后才传入中国的。当然，不管是大巢菜还是小巢菜，都是豆科植物，只是大小不同，结不结果而已。有人可能会说，这么细掰，会不会有些无聊？孔子说过，《诗经》的作用是"迩之事父，远之事君，多识于鸟兽草木之名"，就是说，《诗经》至少有植物学、动物学的教学、认知功能。

与此相比，另一种对全篇的理解的误读程度恐怕就更大些。那就是向来以为此诗的主题只是"反战"。

这首诗写道，在一个雪花纷纷的冬天，一个战士（当然是退役的战士）在返乡途中独行，道路崎岖，又饥又渴。当边关渐远，乡关渐近，他遥望家乡，抚今追昔，不禁思绪纷繁，百感交集。艰苦的军旅生活、激烈的战斗场面、无数次登高望乡的情景，一幕幕出现在他的眼前。

这首诗共分六章。前三章都是以采薇起兴，但起兴之中又兼有赋的手法。因为薇草可食，戍卒便采薇充饥，这样信手拈来的起兴之句，虽然是口头语、眼前景，却反映了戍边士卒生活的艰苦。而通过"薇亦作止""薇亦柔止""薇亦刚止"的描写，更是循序渐进地刻画出薇草从破土发芽到幼苗柔嫩，再到茎叶老硬的生长过程，和"岁亦莫止""岁亦阳止"一起，预示了时间的流逝以及战争过程的漫长。

是什么让战士远离家乡，经历如此漫长的战争呢？

诗中说，是因为狎狁之难时刻在旁。据考证，狎狁应该是古代匈奴的祖先。大多数学者认为这首诗描写的应该是周王朝和北方游牧民族的战争状况。

其实从第四、第五章我们就可以看出，战士对家乡的思念，对时间流逝、生命无常的伤感，表达的仅仅只是简单的反战情绪吗？不，同时表现出的还有高昂的斗志。因为这场战争是保家卫国的战争，《汉书·匈奴传》就说，"懿王时"，应该是周懿王时候，"王室遂衰，戎狄交侵，暴虐中国。中国被其苦，诗人始作，疾而歌之，曰：'靡室靡家，猃狁之故。'"。这就是《采薇》之作的时代背景。

诗中的这个战士，一方面，心存浓郁的怀乡情怀；另一方面，也胸怀强烈的战斗意志。在诗歌里，交织着恋家思亲的个人情感，以及为国赴难的责任和担当。

所以到了第五章，就追述了行军作战的紧张生活，写出了军容之壮、戒备之严，全篇的气势也为之一振。前面的忧伤、思归之情转而变为激昂的战斗生活，甚至描绘了自己精良的装备和冲锋陷阵的战斗场面，并反复点出战争的元凶是猃狁猖狂。于是，一位既恋家，也识大局，不乏"国家兴亡，匹夫有责"责任感的战士的形象便出现在我们面前。

我生活在南京，每每走过旧时王谢的堂前，眼前总会浮现出我特别喜欢的谢安、谢玄、谢道韫的形象。

一天,谢安问孩子们最喜欢的《诗经》中的名句是什么?

谢道韫就说,她最喜欢的是"吉甫作颂,穆如春风"。这个吉甫,又叫尹吉甫。学者考证,诗经中出现作者名字的有四个人,尹吉甫就出现过四次。

尹应该是他的官名,吉是他的族姓,甫应该是古代对美丽男子的一种尊称。所以,又有学者考证他的本名应该叫兮甲。尹吉甫其实就是周宣王时期,带领将士们和狎狁作战的民族英雄。如果对应《采薇》这篇,应该就是坐在战车上的君子了,是统帅。

谢道韫的弟弟、东晋王朝最英俊潇洒的军事天才谢玄却说,他最喜欢的是《采薇》中的"昔我往矣,杨柳依依。今我来思,雨雪霏霏。行道迟迟,载渴载饥,我心伤悲,莫知我哀"。

谢安听后,拊着谢玄的背,感慨说"哦,你和我是一类人啊"。

谢道韫虽为女子,却有化成天下的志向,这非常不简单。但谢玄才是真正的战士,而且可谓是东晋王朝罕见的军事天才。

谢玄年轻时曾经比较"娘"，在叔叔谢安的悉心调教下，最后终于成长为刚柔并济的男子汉。面对北方少数民族强劲的攻势，谢玄在谢安的支持下，在镇江和扬州一带组建北府兵。后来，他所组建的北府兵成为中国军事史上四大特种部队之一。公元 383 年，谢玄就是带领着这支神奇的北府兵，获得了淝水之战这场著名的以少胜多战役的胜利。谢玄甚至带兵北伐，一直打到黄河岸边，收复了北方中原绝大部分的失地。

谢玄是一个极深情的人。他在外带兵打仗的时候，别人都是给家里寄信，谢玄作为三军主帅，却是到河边去钓鱼。因为他的妻子爱吃鱼。闲暇之时，他把亲手钓上来的鱼，再亲自烹制好，放到一个精美的锦匣中，让手下快马送回家，让妻子、家人在千里之外吃到他亲手烹制的鱼。我能想到的最浪漫的事也莫过于此了。

可是奸佞当道，小人掣肘，他们对谢安叔侄造谣猜忌，谢安因此抑郁而终。谢玄少年丧父，完全是谢安一手带大，谢安的去世，令他痛彻心扉。本来可以收复大好河山的谢玄，一为避嫌，二为亲情，主动交出军权，坚决要像千年前那个老兵一样，回到家乡，回到亲人身旁。

公元388年的春天，在亲手挽救了东晋王朝，在使东南半壁江山得以保存的淝水之战之后的第五年，年仅四十六岁的军事天才谢玄，对亲人一往情深的谢玄，在会稽老家病逝。我想，这样一个深情的军事天才，胸中定然会有保家卫国的责任和担当，同时也有对家人、对亲人依依不舍的深情缱绻。他是一个元帅，是一个将军，但更是一个老兵。他用他的人生告诉我们，生命的意义在于付出，在于给予，在于深深的爱。

因此每次在路上，尤其是回家的路上，我的眼前仿佛都能看到那些老兵的身影，谢玄、岳飞、戚继光，还有三千年前《采薇》里的老兵，他们都在那里轻轻吟唱"昔我往矣，杨柳依依"。

以理服人

——汉乐府《长歌行》

一日之计在于晨,一年之计在于春,那么一生之计呢?当然在于青春!所以惜时、努力,才是这首诗催人奋起、给人警策的最关键之处。

青青园中葵,朝露待日晞。

阳春布德泽,万物生光辉。

常恐秋节至,焜黄华叶衰。

百川东到海,何时复西归?

少壮不努力,老大徒伤悲。

我们知道，宋诗有着鲜明的说理特色。那么，宋诗这种特色、这种风格是从哪里继承下来的呢？下面这首《长歌行》，就是这种风格传播过程中极具里程碑意义的一首诗，也是我们从小就耳熟能详的一首诗。

诗云：

> 青青园中葵，朝露待日晞。
> 阳春布德泽，万物生光辉。
> 常恐秋节至，焜黄华叶衰。
> 百川东到海，何时复西归？
> 少壮不努力，老大徒伤悲。

这首诗的第一句其实很讲究，"青青园中葵，朝露待日晞"，写到了太阳，写到了园中葵。大家不要以为这个"葵"就是向日葵，它其实是古代非常重要的一种蔬菜，叫葵菜。

《诗经》里说，"七月亨葵"，七月不仅流火，也是享用葵菜的好季节。当然，春天的时候也有葵菜。李时珍的《本草纲目》曾明确写道，古人经常种植葵菜作为重要的蔬菜。

"朝露待日晞"中的"晞"字，也很值得推敲。从训诂的角度来讲,"晞"最早的意思是指被太阳晒干,《说文解字》说,"晞,干也"。后来"晞"还有一个重要的引申义,就是在阳光的照耀下很明亮的意思。

很多人认为,"朝露待日晞"就是朝露在等待阳光把它晒干。但其实你看《诗经》里同样说,"东方未明,东方未晞",这里"晞"就是明亮的意思。那么,"朝露待日晞"到底是等待阳光出来把露水晒干,还是等待阳光出来,使得露水在阳光下显现出通透明亮的感觉呢?

我仔细推敲,觉得这里应是指等太阳出来的时候,露水在早晨的阳光下晶莹剔透。

为什么这么说呢?

因为露水,在古代尤其在汉代,它的意义是不一样的。说到汉魏时期朝露的重要作用,我们只要看李贺那首著名的《金铜仙人辞汉歌》就知道了。诗中最有名的是那句"衰兰送客咸阳道,天若有情天亦老",但很多人不知道李贺在后面接了一句,"携盘独出月荒凉,渭城已远波声小"。

"携盘独出",携的是什么盘?就是著名的金铜仙人承露盘。

古人特别重视祥瑞,而甘露被认为是最重要的祥瑞之一。为什么甘露是最重要的祥瑞呢?因为古人将甘露看作是一种最好的滋养生命的东西，汉代郭宪的《洞冥记》曾记载，东方朔曾经得到"玄露、青露"，就是特别漂亮的甘露，送给汉武帝。汉武帝不仅自己使用甘露，而且遍赐群臣，"得尝者，老者皆少，疾者皆愈"。但凡吃过这个甘露的，老者变得越来越年轻，生病的也痊愈了。于是，汉武帝就在长安建造了金铜仙人承露像，手捧承露盘以承接上天赐予的甘露。

"青青园中葵，朝露待日晞"说的是什么？说的是生命最好的那种状态。你看那青青的葵菜叶，本身就充满了生机活力。早晨的甘露，在马上就要出来的太阳的照耀下会七彩纷呈。

所以诗人紧接着说，"阳春布德泽，万物生光辉"。如果露水都被晒干了，还谈什么"万物生光辉"呢？从"青青园中葵"上的甘露，在阳光照射下呈现出的生命的唯美状态，到"阳春布德泽，万物生光辉"。就是说，春天的温暖阳光，向万物散布着生命的恩泽，万物充满了生机和光泽。前面这两联，说的都是生命的唯美状态与青春的美好年华。

不过，在对青春年少极尽赞美之后，却突然来了转折。

"常恐秋节至，焜黄华叶衰。"由"阳春布德泽"说到"常恐秋节至"，是时序的变化，是时间流逝的必然规律。转眼春去秋来，昔日熠熠生辉的叶子变得焦黄、枯萎。由春入秋，万物荣枯，不光植物如此，人生也是这样。从青春的生机勃发，到渐渐成长，到老病而死，是不可改变的自然法则。一个"恐"字，就体现出对稍纵即逝的青春的珍惜，和面对自然法则的无能为力。

从自然界的"园中葵""朝露"，想到生命，再从生命的轮回想到什么呢？想到天地、自然和宇宙。于是接下来，突然境界阔大，吟出了"百川东到海，何时复西归"。

回头来看，"常恐秋节至，焜黄华叶衰"还只是眼前凝聚的一个小小的具象，"百川东到海，何时复西归"却不得了。所谓百川归海，浩浩汤汤，这种景象当然是阔大的，可作者仅仅说的是空间上阔大的现象吗？他真正要说的是"何时复西归"呀。

这句很关键。

你看，成百上千的河流东流入海，什么时候能回头向西流啊？诗中看上去说的是空间，其实说的是时间。因为时间最如流水一般。只有明白了这一点，才能彻底明白这首诗深刻的内涵，也就是这首诗的最后两句。

"少壮不努力，老大徒伤悲"，这两句话太直白又太深刻，是真正近乎于道的总结归纳，丝毫没有雕饰，也不需要修饰。一日之计在于晨，一年之计在于春，那么一生之计呢？当然在于青春！所以惜时、努力，才是这首诗催人奋起、给人警策的最关键之处。

从这个主题倒推回去，我们就知道，既然它主要谈的是惜时和努力，谈的是对青春的赞歌，那么着眼点就是在时间上。从"朝露待日晞"，到"万物生光辉"，再到"焜黄华叶衰"，再到"百川东到海，何时复西归？"说的都是时间的流逝，最后，提出"少壮"和"老大"的对比。至此，这种说理水到渠成。

这首诗其实有两个特点尤其重要，一个自然是它的主题，另一个是它体现了中国文化中强烈的时间观念。

我一直说，西方文化偏重于对空间的感知。而东方文化，尤其是华夏文化，偏重于对时间的感知。例如古希腊神话上来就是一个主神，十二大神，然后是对天地海洋山川的各种管理，其实是一个空间布局。而中国神话早期都是碎片化的，从天地起源到各个神的系统，并不是一个典型的社会结构，反而是体现出了在天地自然的发展过程中，人面对自然的一种思索。

而中国文化的这种特点,也正是它有韧性的地方。华夏文明为什么一直延续至今?因为即使其他文明体在某个时段可能在空间上很有张力,很有力量,但很少有一种文明体能像华夏文明具有这么强的韧性,这么持久的生命力。

这首《长歌行》便是巧妙地通过描写自然界的"青青园中葵",到"朝露待日晞",再到"万物生光辉",再到"常恐秋节至,焜黄华叶衰",再到"百川东到海,何时复西归",以自然现象,比喻生命成长的道理。最后,自然而然地得出"少壮不努力,老大徒伤悲"的道理。因为对时间的充分感知,使得它很形象,很生动,很深情,讲道理也不是干巴巴地照本宣科。

这是什么?这就是《诗经》以来的比兴手法。从《诗经》,到汉乐府,再到宋诗,中国的诗歌不仅擅长抒情,也擅长说理,而且说得非常巧妙,说得深入人心。所以我们做老师的,做父母的,以后不要板着面孔,跟学生、跟孩子讲大道理,而应从身边事、身边物说起。这样的道理,才会深入人心,才可以启迪心灵,这才是真正的教育。

凄清之景中一抹温暖的色彩

——王维《鹿柴》

人生是一段漫长而艰难的旅程,当所有的雄图大志消磨之后,当所有的磨难和坎坷远去之后,人生晚景,剩下的只有空空寂寂的山野深林,与身边这个安静的世界。

空山不见人，但闻人语响。

返景入深林，复照青苔上。

王维特别喜欢写空山。比如《山居秋暝》"空山新雨后，天气晚来秋"，《鸟鸣涧》"人闲桂花落，夜静春山空"，又比如下面这首《鹿柴》。

诗云：

空山不见人，但闻人语响。
返景入深林，复照青苔上。

"空山不见人"，山中一个人都不见，说明山中极其安静。但要说安静，后面又紧接着来了一句"但闻人语响"。既然不见人，为什么又"但闻人语响"呢？闻其声而不见其人，这说明什么？说明空山寥落。山中未必完全没有人，但只听见他们的声音，见不到他们的人影，这反衬出了空山何其寂寥。

见不到人也没关系，可以见到日影。按道理，越是幽深，越是幽暗才能见出山之空来。王维却反其道而行之，说夕阳的余晖照进了深林之中。本来空山寥落的凄清之景，突然被加上了一抹温暖的色彩——"返景入深林，复照青苔上"。山中潮湿阴冷，苔藓满地，而透过树影，稀薄的夕阳余晖洒在青苔之上。不过，看上去这是一个暖色调的描写，但仔细琢磨一下，夕阳西下，寥落的空山，只有斑驳的光影照在青苔之上，这种暖色的背后是更加巨大的清冷与幽静。

一首《鹿柴》，王维用了诗歌中特别出彩的对比与反衬的手法来表现空山之空、空山之青、空山之寂与空山之冷。

我们熟悉的那首诗"蝉噪林逾静，鸟鸣山更幽"，也是用了对比反衬的手法。知了的叫声非常嘈杂，却反衬出了树林的安静；鸟儿的鸣叫声，更体现出了空山的幽静。

或许大家会有疑问，为什么鸟儿叫，反而显得林子更安静，空山更幽深呢？我们可以转换思维感觉一下。如果有一架飞机在林子上飞过，我们能不能说"机噪林逾静"或是"机叫山更幽"呢？不会，你不会产生这样的感觉。

这是因为声音大小不同吗？不是。关键在于蝉噪与鸟鸣都在山中，都在林中，是林中的一抹噪音反衬出了林子的安静，山中的一两声鸣叫反衬出了山中的幽静。这与《鹿柴》的意境是一样的。

"空山不见人，但闻人语响"，这个"人语响"是在空山之外吗？不，它就在空山之内。"返景入深林，复照青苔上"，这抹暖色是在空山之外吗？不，它也在空山之中。空山之内，有那一丝的人语响，有那一抹的暖色调，才越发反衬出空山之空、空山之寂与空山之冷。

落日下，鹿柴中，夕阳的余晖带来的并不是真正的暖意，而是昏暗前的最后一缕光明。这时王维所拥有的是一种清晰的冷静。他不是一个闲适的游玩者，也不是一个暗淡的伤心人，他是一个平静的观察者，细细品读着空山的寂静，淡淡欣赏着残阳下的青苔。《鹿柴》中的这份恬淡既属于隐者，也属于王维归隐的终南山。这短短四句诗透露出的王维的人生领悟，具有了哲学的意味。

《鹿柴》这首诗写于王维的晚年。

晚年王维历尽坎坷，历经世事沧桑之后，隐居在终南山的辋川峡谷中。他买下了宋之问当年的蓝田别墅，作为自己隐居所在，称之为辋川别墅。而他所写的空山场景，就是他在辋川生活的一段时间内对辋川各处的一种描写。鹿柴就在辋川山中。所以这是在山中写山，不是在山外写山。而那"不见人"的空山中却还有一两声"人语响"。夕阳西下，如此一片惨淡景象中，还有一两抹暖色留存。它的哲学意蕴是什么呢？是人生。

王维年少的时候，"文章得名"，诗文已经惊天下。他不仅文章写得好，而且"性娴音律，妙能琵琶"，音乐造诣也非常高，尤其擅长弹琵琶，"游历诸贵之间"，很多皇子都很喜欢他，尤其"为岐王之所眷重"。

关于王维的应举有一段传说，《集异记》里说，当时玉真公主深受皇帝宠爱，说话非常管用。一个名叫张九皋的人就走了玉真公主的后门，让公主授意主考官以他为状元。王维刚好也是这一年应举，岐王便带着王维来找玉真公主，正赶上公主在家里吃酒聚会。席间岐王就对玉真公主说，我找到一位音乐家，水平了得。玉真公主说，何不让他演奏一曲？

只见王维抱着琵琶"排众而出"，玉真公主一看，真是英俊少年啊！王维落座后，一曲《郁轮袍》乐惊四座，岐王顺势上前道，公主不知，此人不仅精通音律，才学更大，诗文已名满天下。说着就把王维的诗作拿给公主看。公主阅后大惊：这些名作她早就拜读过，还以为是前人作品，于是立刻把王维推为上座。岐王趁热打铁说，王维准备参加科考，公主觉得他的才学如何？公主心想，那肯定是状元之才啊。岐王又说，听闻公主已经把许给他人了？玉真公主当即表示，怎么可能？谁都无法跟王维比啊！状元一定非王维莫属。

这虽是一段野史，却足见王维在音乐、诗歌上的才学与修养不同一般。王维也曾意气风发，锐意仕进，想有一番抱负。可是理想很丰满，现实却很骨感，王维只得到了一个太乐丞的文职。而且没过多久，就因为属下伶人舞黄狮子，犯了皇家大忌而受牵连被贬。

此后又是屡遭贬官，即使被重新起用也只是做一些闲职。可以说，历经宦海沉浮、战乱之苦、牢狱之灾，曾经的荣辱悲欢已成过往，世事的无常与人生的无奈让王维最终选择了逃离，终南山成为王维晚年的归隐之地。也许在这片山野中，王维最终找到属于他内心的那份恬淡和安宁。

三十一岁的时候，他心爱的妻子又离别了人间。此后王维终其一生再未另娶。五十多岁的时候，他的母亲也离开了他。王维之所以尚佛、崇佛，也主要是受了母亲的影响。母亲的离世再次对王维带来沉重的打击。

接下来，王维更是经受了人生最大的坎坷。

"安史之乱"爆发之后，百官逃难，唐玄宗也跑了，但王维没有来得及跑，结果被叛军抓住。之后，王维被迫担任伪官伪职。"安史之乱"被平定之后，曾在伪朝任了伪官的都是大罪。像王维这样的，恐怕有杀头之患。

幸运的是，一来王维的弟弟愿意捐弃官职来保住他的性命，二来更重要的是王维任伪职期间，他在好友裴迪来看他的时候，写了一首诗，"万户伤心生野烟，百官何日再朝天。秋槐叶落空宫里，凝碧池头奏管弦"。这首诗救了王维的命。

为什么呢？"万户伤心生野烟，百官何日再朝天"，说明王维当时身在曹营心在汉。后来，裴迪也出面作证，王维虽身在伪朝，却纯属不得已，最终王维免于被问责。

虽然经此磨难之后，过了一段时间，王维被重新启用，但他内心所有的雄图壮志已经消磨殆尽。再加上一意参佛，终日隐居辋川山中，他的心境越来越安静，越来越安宁。"空山不见人，但闻人语响。返景入深林，复照青苔上"，这时候王维的心境正是绚烂之极归于平淡，如老僧入定一般。

但是，旧时年华岁月中的那些靓丽的色彩、那些光艳照人的梦想、那些生命书写的绚烂，难道完全都了无踪迹了吗？不，其实还有一丝半缕，偶然在心底泛起。这时就像空山里的人语响一样，就像寂静森林里的那抹余晖残照一样，偶然泛起才更加映衬出此刻的苍凉。

人生是一段漫长而艰难的旅程，当所有的雄图大志消磨之后，当所有的磨难和坎坷远去之后，人生晚景，剩下的只有空空寂寂的山野深林，与身边这个安静的世界。

一片冰心　照耀古今

——王昌龄《芙蓉楼送辛渐》

王昌龄的"一片冰心在玉壶"，既是在赠友人，又是在赠给自己，赠给自己一种至纯至真的人生。他是在说，任红尘荒芜、现实苟且，任人生仕宦起伏、命运跌宕，我那一颗至真至纯的心，还是像你们知道的那样从未改变。

寒雨连江夜入吴，平明送客楚山孤。

洛阳亲友如相问，一片冰心在玉壶。

王昌龄的那首《出塞》,"秦时明月汉时关,万里长征人未还。但使龙城飞将在,不教胡马度阴山",是公认的千古七绝压卷之作,更是边塞诗创作的压卷之作。其实,他所擅长的不只是边塞诗的创作。下面就来讲讲他的一首送别诗《芙蓉楼送辛渐》。

诗云:

寒雨连江夜入吴,平明送客楚山孤。
洛阳亲友如相问,一片冰心在玉壶。

有关这首诗,至少有三个地方值得仔细推敲。

第一个就是送别的场景、场地——芙蓉楼。

天下有两个著名的芙蓉楼,一个在江苏镇江,一个在湖南洪江市的黔城,而黔城古称"龙标"。我们知道,王昌龄后来又被称为"王龙标",李白也写过一首《闻王昌龄左迁龙标遥有此寄》:"杨花落尽子规啼,闻道龙标过五溪。我寄愁心与明月,随风直到夜郎西。"

所以就有人说,王昌龄就是在湖南的芙蓉楼送别辛渐,就是在这儿写下"一片冰心在玉壶"。清代嘉庆年间,任黔阳县令的曾钰在重修了芙蓉楼之后，专门写了一篇《新修芙蓉楼碑记》。其中就写到"相传少伯送辛渐，赋诗饯行其中。文采风流，照耀今古"。王昌龄字少伯，后人有了这条凭证，更是言之凿凿。但曾钰写的时候特意加了两个字"相传"，可见曾钰自己写的时候也不能确定。

其实学术界公认，王昌龄送别辛渐之处应该是镇江的芙蓉楼。因为《芙蓉楼送辛渐》是一组诗，有两首。第二首是，"丹阳城南秋海阴，丹阳城北楚云深。高楼送客不能醉，寂寂寒江明月心"。这里明确说到丹阳城南、丹阳城北，可以证明这组诗应作于王昌龄任江宁县丞期间，而不是他后来左迁龙标的时候。我的祖籍就是镇江丹阳，每每读到王昌龄的这首千古名作，心中都分外激动。

《新唐书》记载，王昌龄在江宁县丞任上"不护细行"，也就是不拘小节，后来又被贬谪，远放龙标任县尉。可是，王昌龄为什么会到江宁，也就是今天的南京，来任县丞呢？

这就要说到第二个问题，也就是这首名作的第一联"寒雨连江夜入吴，平明送客楚山孤"。

"平明送客"的时候，"楚山"为什么是孤独的呢？"平明送客楚山孤"，就训诂而言，这里的楚山可以指芙蓉楼所在的古镇江城内的月华山。镇江城内当时有三座山，即日精山、月华山、寿邱山。据考，芙蓉楼最早是东晋刺史王恭所建，就建在城内三山的月华山上。当然，就镇江而言，长江边还有著名的三山：金山、焦山、北固山。不过，从诗歌本身来看，古来学者大多认为王昌龄所说的"楚山"应该是泛指吴楚一带连绵的山脉。这一带山脉被称为宁镇山脉，是从南京到镇江这一带的沿江山脉。

南京古称金陵，金陵最早得名于楚威王设金陵邑。而南京在称金陵之前，最早是范蠡在此建越城。宁镇山脉在南京镇江一带，被称为吴头楚尾，历史上经常被泛称为吴楚之地。所以王昌龄才会说，"寒雨连江夜入吴，平明送客楚山孤"。但是，宁镇山脉连绵起伏，横亘于吴楚之地，又怎么能说"楚山孤"呢？

这就和王昌龄到江宁任县丞的经历有关了。事实上，他不仅不是被贬官来到江宁，甚至于他的仕途而言，江宁县丞是他做过的最大的官了。王昌龄作为"边塞诗派"真正的领袖，就像孟浩然是"山水田园诗派"的代表人物一样，二人的命运十分相似。

他们不仅是两大诗派中诗歌成就最高者，也可以算是盛唐两大诗派中年龄最长者。孟浩然和王昌龄相差九岁，比王维、李白就更大些。王昌龄比高适大六岁，约比岑参大二十岁，可以说是高适、岑参的前辈诗人。

王昌龄和孟浩然的人生之路也非常相似。在讲究氏族、名门望族、贵族的唐代，孟浩然与王昌龄都出身贫寒，没有什么望族背景。但他们早年求学的时候，对人生都有清晰的规划。当时，二十岁的孟浩然选择隐居鹿门山，而不是急于求仕。王昌龄也是这样，很长一段时间隐居长安灞上，每日薄暮垂钓，从事农作生活，一直到二十七岁，才漫游天下。他的边塞诗作，也主要得益于这次远行与积累。正是这次远行之后，王昌龄诗名大盛。

当然，王昌龄和孟浩然最不一样的地方，是他最终考中了进士。唐代有"三十老明经，五十少进士"之说，进士是非常难考的。王昌龄三十岁考中进士，真是春风得意。考中进士之后，他补秘书省校书郎，应该就是在校书郎任上，结识了比他年长的孟浩然。

这一段时间应该是王昌龄人生最幸福的时候，初入仕途，家国天下的理想充溢在胸间，又结识了很多人生知己。著名的"旗亭画壁"的故事，讲的就是他和王之涣、高适三个人在旗亭喝酒唱诗的一段文坛掌故。可是接下来，他又开始和孟浩然一样，命运多舛，充满坎坷。

王昌龄三十七岁的时候，又参加了博学宏词科的考试。既考中进士，又入选了博学宏词科，前途似乎应该一片光明。却不料吏部任职，只给了他一个小小的汜水县尉，这是最低级的九品官。王昌龄并不嫌官职低，他的《出塞》诗中本就有建功立业、层台垒土的豪情。可是正因为有理想、有操守，他才迎来了仕途的厄运。王昌龄四十岁的时候，一代名相张九龄被罢相，他因同情张九龄罢相作诗文以喻之，结果触怒了李林甫一党，被远贬岭南，连小小的汜水县尉也做不成。

在去岭南的路上，王昌龄专门赴襄阳拜访孟浩然。后来在他四十二岁的时候，好不容易逢玄宗大赦返回长安，归途曾遇李白，过襄阳时又去探访孟浩然。孟浩然为王昌龄的命运感慨，也为他遇赦感到兴奋，遂开怀畅饮。但孟浩然当时身染痈疽，背上有大毒疮，这在古时是一种非常危险的病。

身患痈疽之时，应该忌口，不能吃江鲜、海鲜，不能吃发物。但孟浩然个人却特别喜欢吃一种叫查头鳊的江鲜。查头鳊是鳊鱼的一种，产于汉江，口味极其鲜美。孟浩然虽是田园诗人，却豪侠任气。结果就是因为这顿饭，孟浩然"食鲜疾动",事后疽发而逝。王昌龄并不知道孟浩然身负痈疽,事后为之伤感不已。

遇赦北返之后,王昌龄被重新改任江宁县丞这样一个八品小吏。经历了贬谪岭南与失去人生知己之痛,此时又值知天命之年的王昌龄,出于对官场黑暗的认识,对仕途无望的感知,他心中应该是万般无奈。所以从长安到南京,这一路他走得非常慢,甚至在洛阳耽搁了大半年之久。在那里他也结识了很多好朋友。辛渐便是他的好友之一。所以他才会说:"洛阳亲友如相问,一片冰心在玉壶。"

于是第三个问题就来了,"冰心玉壶"是不是王昌龄的首创?他所说的"一片冰心在玉壶",又在向洛阳亲友传递怎样的信息呢?

虽然现在人们一说起"冰心玉壶",就会想到王昌龄,想到他的《芙蓉楼送辛渐》,但它确非王昌龄的独创。"玉壶冰"其实是盛唐流行的用语,开元年间的宰相姚崇就写过一篇小赋叫《冰壶诫》。"玉""壶""冰"这三个字,含意都非同小可。

在中国文化里,"玉"有五德,或说"玉有九美",自古"君子比德于玉",儒家更是赋予了玉"仁义智勇洁"的品德。

而玉壶是玉石制成，在喻德的基础上又增加了"虚怀若谷，胸襟宽广"的意义。唐人以为，只有晶莹剔透的冰块才配贮存在澄澈无瑕的玉壶里，"玉壶冰"其实寄予了他们至纯至真的人格象征。

所以王昌龄的"一片冰心在玉壶"，既是在赠友人，又是在赠给自己，赠给自己一种至纯至真的人生。他是在说，任红尘荒芜、现实苟且，任人生仕宦起伏、命运跌宕，我那一颗至真至纯的心，还是像你们知道的那样从未改变。这就是"江南无所有，聊赠一片心"。

这样至真至纯、玉壶冰心的王昌龄，当然为官场所不容，他最终以"不护细行"之罪再被贬谪龙标，在那里度过长达八年的贬谪生活。

之后，"安史之乱"爆发。长安被攻破，玄宗逃往蜀中，杨贵妃死于马嵬驿，太子李亨继位，杜甫远奔寻主，王维被俘长安写下《凝碧池》。就在那战火离乱、世事变迁的天宝十五载，王昌龄终于离开龙标。他先返回江宁，看望友人，打算再经安徽返回长安。可是，经过亳州的时候，这位玉壶冰心的"诗家夫子"，却为亳州刺史闾丘晓所害，终年六十岁。

王昌龄一生坎坷，沉于下僚，身无长物，甚至最后冤屈而死，所拥有的也不过就是一颗至真至纯的心，但这也正是他最大的人生财富，让他可以既有边塞的豪情，又有宫怨的深情；让他既能写出"黄沙百战穿金甲，不破楼兰终不还"，又能写出"忽见陌头杨柳色，悔教夫婿觅封侯"这样洞悉人情的词句。他的诗、他的一片冰心，将永远予人力量，照耀古今。

曲径通幽禅意深

——常建《题破山寺后禅院》

这首诗的妙处在于,它不仅描写了禅房花木、山光潭影,还为后世留下了曲径通幽、万籁俱寂两个著名的成语,更为我们展示了一种修行的心境,让我们得以在喧嚣的城市中获得心灵的宁静。

清晨入古寺,初日照高林。

曲径通幽处,禅房花木深。

山光悦鸟性,潭影空人心。

万籁此都寂,但余钟磬音。

《题破山寺后禅院》是唐代诗人常建的名作。

诗云：

清晨入古寺，初日照高林。
曲径通幽处，禅房花木深。
山光悦鸟性，潭影空人心。
万籁此都寂，但余钟磬音。

关于这首诗，一般的解读是说，一个阳光明媚的早晨，诗人漫步山林进入古寺，大自然的宁静和禅院的清幽使他心情愉悦，让他充分感受到风景的美好，体会到远离尘嚣的快乐。

这种解读比较通行，但是，诗人是不是只停留在游古寺心情愉悦的层面呢？

多年来读这首诗，反复揣摩，我觉得在游寺欢悦的心情背后，其实还有另一层深意在其中。

首先从题目就可以看出来。这个题目读起来很关键，应该读作"题破山寺，后禅院"，而不是读作"题破山寺后，禅院"。这里有一个语气停顿的关键之处。古人没有标点符号，古人讲句逗，句逗就是语气停歇的地方，这也是读古文的一个功底。如果读作"题破山寺，后禅院"，就说明这个禅院是在寺中，属于山寺的一部分。如果读作"题破山寺后，禅院"，禅院就是在破山寺的后面，大概和寺没有关系了。

我们必须把它读作"题破山寺，后禅院"，就说明常建去的这个地方是破山寺的后禅院，是僧人的宿舍和修行的地方。常建特意在题目上点名了这一点。

一般的诗人来游览寺庙的话，大概写一个《题破山寺》就可以了。常建特意加上后禅院，强调的是什么呢？强调的正是僧人修行之地，所以这里面其实暗藏着"修行"二字。

破山寺是一种通行的说法，它的本名应该叫兴福寺。兴福寺，在今天江苏省常熟市的虞山北麓，始建于南朝。它开始叫大悲寺，后来改名叫福寿寺。

那么，为什么又叫破山寺呢？

传说有大德高僧，在此讲经。有一条白龙化为人形，来听高僧说法。高僧召唤了护法黑龙与白龙大战，黑白二龙大战之余破空而去。它们大战的地方"冲迸成溪，遂成破涧"，兴福寺就建在破涧旁边，所以世人又称之为"破山寺"。它始建于南朝，到了常建的时代，绝对称得上是古寺了。

因此第一联是，"清晨入古寺，初日照高林"。这话似乎说得非常平易，但千万不要小看，这就是诗人的功夫。这一联看上去很简单，其实是一个流水对。它的对仗非常工整，清晨对初日、古寺对高林、入对照。除此之外，单句中还可以形成对仗：清晨对古寺，初日对高林。清晨是多么的新鲜，寺宇是多么的古老，其间有新与旧的对比；初日贴着地平线缓缓升起，密林却那么显眼，那么高，这是低与高的对比。因为这样鲜明的对比，古寺禅林的形象在我们的脑海中一下子就清晰起来。

此外，"初日照高林"还别有深意，它并不只是说高树深林。因为佛家称生徒聚集之处叫作丛林，所以高林兼有称颂禅院之意。此处常建用笔看似平易，但笔笔深奥，句句都指向那个后禅院。

我们再来看第二联，就是颔联："曲径通幽处，禅房花木深。"这一联历来为后世称赞，它还有一个版本叫"竹径通幽处"。这一联最后形成的成语叫曲径通幽。

这说的是什么呢？它是指只有穿过一片竹林掩映的小路，才看到禅房花木深，众生修行之地。这是一片花开灿烂，一种别有芬芳。曲径通幽，小路弯曲，不走完便看不到禅房。

只有经过不断的找寻，最终眼前才能豁然开朗。

这就像陶渊明的《桃花源记》，一开始"忽逢桃花林，夹岸数百步，芳草鲜美，落英缤纷"，然后复前行，"山有小口，仿佛若有光"，"从口入，初极狭，才通人，复行数十步，豁然开朗"。这就有点像曲径通幽了。

不论竹径通幽还是曲径通幽，最关键的是眼前豁然开朗处，禅房花木深。这虽是写景，却别有深意，暗喻了修行的过程也是如此，要经历"路漫漫其修远兮"的上下找寻，然后才可以豁然开朗。

所以，为什么最后延续下来的成语是曲径通幽，而不是竹径通幽？因为曲径通幽更能体现那种在迷茫中在转折中反复追寻的过程，以及在这种曲径通幽的找寻中豁然开朗的喜悦。

据说宋代文坛盟主欧阳修非常喜欢这一联，说他"欲效其语作一联，久不可得"，特别想仿照常建这一联的意境，写一联，可是怎么都写不出来。

欧阳修反省，自己大概是在红尘中没有这样的心境，所以写不出来。后来他就到青州寻一处山宅，到山里去隐居，亲自体验那种"竹径通幽、曲径通幽"的妙处，却依然写不出来。可见一旦着意便难求工，真正好的意境和好的诗句，都是妙手偶得之。

我们说第二联"曲径通幽，禅房花木"可喻修行，第三联就给出了明证。第三联即颈联说："山光悦鸟性，潭影空人心。"这一联也历来被人称颂，是传世的警句。

这里的两个动词"悦""空"毫无疑问是使动用法，学古文常会碰到这种用法，山光使鸟性愉悦，潭影使人心空澈。

请注意，这里的空，不是空气，而是与山光使鸟性愉悦一样的那种空灵的澄澈之空。为什么山光能使鸟性愉悦呢？为什么潭影能使人心空灵呢？因为鸟性、人性在此都具有了佛性。

那么，鸟性会有佛性吗？当然有。北宋《景德传灯录》里就记载了一个佛头着粪的故事，可见鸟性具有佛性。

据说有一位姓崔的官员——崔相公到寺院里游览礼佛，突然发现佛像的头上有鸟的粪便。

崔相公便问如会禅师：这鸟雀到底有没有点佛性？禅师回答说：鸟当然有佛性。崔相公反驳说：我看不对，如果真有，它们怎么敢在佛头上拉屎！禅师笑着说：是啊，它们怎么不在老鹰头上拉屎呢？崔相公听了如会禅师的回答，不禁恍然大悟，哈哈大笑起来。

佛头着粪的故事既解释了佛性的宽厚仁慈，同时说明鸟雀也有一种佛性，敢在佛头上拉屎，却不敢得罪老鹰。当然故事重点说的是佛性，佛性宽厚仁慈，世间万物皆有灵性。到了破山寺后禅院——僧众所修行之地，在这片山光水影中，不论是鸟儿还是人，都得到了灵性的释放。这样我们回头看，就可以理解"曲径通幽处，禅房花木深"的那种寻找之后获得的喜悦。

这首诗句句不离后禅院的修行，最典型的就是最后一联："万籁此都寂，但余钟磬音。"当诗人参悟了禅意之后，万籁俱寂，万籁是指各种声响，天地间各种声响，仿佛全都消失了。"但余钟磬音"，钟、磬这两种声音是指寺院的诵经声，诵经开始的时候敲钟，停止、停歇的时候敲磬。这最后的钟磬音，其实又是指向后禅院高林之中那些得道僧人的修行。

诗中，诗人写了对在古寺中修行的向往，以及修行并获禅意的快乐。这种禅意的获得与心境却处处只用写景的笔法来表现。表面上，这首诗特别像一首简单的写景诗，实际上，却内蕴禅意，言语词句中又处处散发着出尘与了悟的通透。一种清明的喜悦，轻轻地潜伏在仿佛不经意的景物描写之下，这就是欧阳修欲模仿而不得之处。

我们就是李白　李白就是我们

——李白《静夜思》

李白用他的生花妙笔，触及了这个族群每一分子心中那种真切干净的思念，这个族群中的每一个人、每一个善良干净的灵魂就会自发地把诗中那种意境、那种瞬间向前推进，推进成无比干净、无比永恒的经典。

床前明月光，疑是地上霜。

举头望明月，低头思故乡。

张若虚站在扬州一侧的扬子江畔，用九组三十六句的长篇歌行，写了春夜里美丽与深邃的明月，抒发明月与人生背后的生命思索。之后，年轻的李白也来到扬州，用短短的五言四句，写出千古传颂的永恒经典《静夜思》，与张若虚的《春江花月夜》竞相争辉。

下面，就来赏读这首无与伦比的经典小诗。

诗云：

床前明月光，疑是地上霜。
举头望明月，低头思故乡。

如果说张若虚的《春江花月夜》是"诗中的诗"，那么李白这首精短的《静夜思》，几乎可以称为唐诗的代言。只要是中国人，在接受文学启蒙的时候，应该都对这首《静夜思》耳熟能详。那么这首仿佛是随手写来的小诗，为什么如此经典呢？

关于这首诗，我们所熟悉的"床前明月光，疑是地上霜。举头望明月，低头思故乡"，是明清以来的版本，也是流传最广的版本。但在宋人所编的所有唐诗选本，以及传入日本的《李太白文集》中，这首诗都写作："床前看月光，疑是地上霜。举头望山月，低头思故乡。"更有学者考证，自元到明清，在这首名作广为流传的过程中，除了我们最熟悉的这两个版本之外，还产生过至少八种以上的版本。

我们今天最熟悉的，其实是蘅塘退士编《唐诗三百首》时，吸收了明人所刊《万首唐人绝句》与沈德潜《唐诗别裁》中对宋本《静夜思》的两处改动，而最终形成的版本。这说明在蘅塘退士之前，不论是学界还是大众，已经对这种改动普遍地默认和接受。此后，因为《唐诗三百首》的影响，"床前明月光，疑是地上霜。举头望明月，低头思故乡"变成了最通行、最流行的版本。

当然这也就产生了两个问题：第一，明明宋本更接近李白的原作，但为什么后人一直到今人都更接受改动过的通行版本呢？第二，李白在唐诗的殿堂中，在盛唐的诗歌创作中具有不可动摇的地位，他和杜甫是唐诗中公认的并峙的双峰，连日本人都不敢随意改他的原作，为什么国人在对李白如此敬重的情况下，却对他的名作改来改去，甚至改出近十种版本之多。从某种意义上说，《静夜思》形成今天的面目，几乎可以算是一种时代的沉淀和全民参与的创作了。

我们知道，近些年来对这首诗的理解，还有一个焦点，就是那个"床"字。

马未都老师当年在《百家讲坛》说，这里的"床"不过是小马扎，也就是胡床的意思。这种说法可谓一石激起千层浪。很多人表示诧异，说"床"居然不是睡觉的床。其实这只能说明我们的传统文化和国学断层实在是断得太深、太久了。

床是坐具而非卧具，这种说法确实更接近历史的原貌，尤其是在魏晋时期。还有一种胡床，就是前面所说的马扎。

当年东晋的两个大帅哥，一个叫桓伊，一个就是王羲之那个特别擅长"行为艺术"的儿子王徽之。有一次他们二人在南京城外一个叫萧家渡的地方相遇。王徽之远远看到桓伊骑在马上丰神玉朗而来，便请人对桓伊说："闻君善吹笛，试为我一奏？"意思就是说，听说你的笛曲吹得非常棒，但可惜我没有听过，你能现在为我吹一曲吗？

桓伊此时已位列刺史，而且此前与王徽之并不相熟，但他骑在马上远远地看着王徽之深沉的目光，沉吟了片刻，便"下车，踞胡床，为作'三调弄'"。这也就是著名的笛曲《梅花三弄》的由来。之后，桓伊起身与王徽之互相点头示意，各自离去，并不曾相交一语。古人的情怀与胸襟，实在让人感叹不已，两人从始至终只有目光与音乐的交流，并无一言一语，那种默契、那种胸怀，千年而后也让人不禁想见其风采。

那个原本叫萧家渡的渡口，后来又被称为"邀笛步"。可惜今天河流改道、沧海桑田，旧址也无从寻觅。而桓伊当时下马所踞胡床，即马背上放着的、时刻备用的小马扎。

不过，虽然床的本意确实是坐具而非卧具，但回到李白的这首《静夜思》，如果李白是坐在一个小马扎上看着明月光，那除非是六七岁的李白，而非二十六七岁的李白。

于是，又有人说"床"这个字，有可能是"窗"的通假字，因为这首诗的宋代版本里，第三句写作"举头望山月"，既然是望山月，通过窗户去望窗外的山月，才能看出"窗含西岭"和"千秋月"的意境来。既有山，又有月，两个意象要放在一起，最好的状态叫"同框"。而山月同框的办法，就是放在隔窗望去的意境里。所以今天很多有关这首诗的配图，大多是李白站在窗前仰望明月，也许作画者也认为把这首诗通过形象的视觉艺术表现出来的时候，隔窗望月大概更有意境吧？

但我们必须说，从训诂的角度上来看，这里的"床前明月光"的"床"既不是睡觉的床，也不是胡床小马扎，也不是窗户的窗，它应该是代指院中的那口井。有人说床是井栏，有人说床是井台，但其实应该是井台上打水辘轳所用的支架。如李白著名的《长干行》："妾发初覆额，折花门前剧。郎骑竹马来，绕床弄青梅。同居长干里，两小无嫌猜。"

"青梅竹马""两小无猜"，是中国文化环境里我们所能想到的年少时最美的爱情。"绕床弄青梅"的"床"应该就是"床前明月光"的"床"。"床"的甲骨文本义，是对人的一个支撑物，许慎的《说文解字》说"床，安身之坐也"，是使人安坐的支撑。它后来由坐具又引申为卧具——就是现在睡觉的床，其实也是支撑的意思。这种本意往前延伸，就不仅可以作为对人的支撑物，也可以是对其他事物的支撑物。比如车床、机床、琴座底下的琴床，都体现了一种坚实的支撑。

这就要说到井床。我们知道，井中打水最需要的支撑物就是那个辘轳的底座，它和井台一起构成对辘轳的支撑。当然，如果不用辘轳，直接用手提的话，那个井台其实就变成了人打水时的支撑。所以辘轳的底座，以及井旁边用石砌的井台，其实都可以称为井床。而石砌的井台的颜色多是白色或者灰色，因此井台又被称为"银床"。

当然，再延伸一些，这种井床也可以指井周围的所有设施。不论怎么讲，井床其实就是用局部的硬件去象征整体，古人便喜欢用床、井床来象征井。为什么要特别用床去象征井呢？因为在"家国天下"的文化传统中，井的意义非常重大。

从某种意义上说，井在古人的生活中就代表了家，甚至代表了家乡。古人聚族而居，院落中必要有口井才能称之为家，有时候全村全族共用一口井，那就是家乡。宋时凡有"井水饮处"便能歌柳词，"井水饮处"便象征了生活。古人离家远行，甚至要说成背井离乡，可见这里的井就是家，就是故乡，更何况孔子向往的制度设计中就有著名的"井田制"。

李白的《静夜思》最后是要"思故乡"的，所以这里的床就一定是指井。就像《长干行》中那对青梅竹马、两小无猜的恋人，后来他们对爱情无比忠贞、无比深情，把爱情当成了一种信仰。他们小时候"绕床弄青梅"，就是后来他们美好的家庭与爱情生活的象征与预演，"绕床"的床一定是指家。而"床前明月光"里的"床",一样也是指家,所以才能遥指故乡。

你看那院中井边的月光,一层层撒下,便如这寒夜将起的秋霜。所谓"疑是地上霜",这个"疑"字用得特别好,体现了李白的不经意,甚至有些恍惚的状态。

为什么会有些恍惚呢?当代学者考证,认为李白的这首《静夜思》作于二十六岁那年,是他二十四岁仗剑离家,沿江而下,自金陵来到扬州之际。这时候,李白出川时所带的钱基本上也用完了。还有学者考证,他这时候应该是病倒在扬州的旅社中。正逢秋夜,所谓"秋阴不散霜飞晚"。安静的秋夜与秋月,笼罩着这个离乡两年、身处困境之中的游子,他才会在一俯仰的瞬间情不自禁地吟出:"举头望明月,低头思故乡。"

一举头一低头,不过只是一俯仰之间。王羲之的《兰亭集序》说:"仰观宇宙之大,俯察品类之盛,所以游目骋怀,足以极视听之娱。"这是刻意地俯、刻意地仰,这是"俱怀逸兴"的状态,欲与天地往来。可是李白的俯与仰——"举头望明月,低头思故乡",更贴近普通人的生活,是一种下意识的动作,是人人皆可有、处处皆可有的一种普遍心态和情绪。我想，也正是因为这种普遍性，才让这首小诗流传得如此之广。事实上也正是因为李白写出了这种普遍性，这首诗才成为经典，才能在历史的流淌中、在文化的润泽中吸引无数普通的民众。于是，我们所有人都能感受到，那个伟大的青莲居士写出了怎样的一个不经意却又永恒的瞬间啊！

在人生的旅途中、在清冷的秋夜中，李白当然有可能确实在病中，不论他是站在院中还是隔窗望去，不经意地看到院中的井、看到井边的月光，恍惚间觉得月光与秋霜层层叠叠，分不清楚。

这种片刻的疑惑突然勾起一种思念，他在心灵的叹息声中，举头看向那明月，又因那千里共婵娟的月光，一低头便在精神的世界里浮现出魂牵梦绕的故乡。从开始的"看"到"疑"，到"举头"，到"低头思故乡"，前前后后如果从物理的角度去看，时间也不过一两秒，不过是人生极短的一瞬，但李白的妙笔生花将它不经意地书写出来，立刻便成了一种永恒的经典，这就是瞬间即永恒的最好明证。

我们讲"枯藤老树昏鸦""小桥流水人家"、讲"明月别枝惊鹊，清风半夜鸣蝉"，其实都是省去动词，而用名词或名词词组的简单叠加构成极其唯美的意境。所以,"床前看月光","看"这个动词的存在使得句子还稍显复杂,而"床前明月光"省去"看"字,句子变得简洁,连月光都变得更纯粹了。

同样,"举头望山月"到"举头望明月",虽然明月与前面的明月光有重复,但不知不觉间又省略了一个山的意象,这便使得画面愈发纯粹、简洁。

从学术考证的角度看,我们确实也认可"床前看月光,疑是地上霜。举头望山月,低头思故乡"的版本应该更接近于李白的原作。可是从明清以来,人们却更加喜欢"床前明月光,疑是地上霜。举头望明月,低头思故乡"的版本,因为那种思念更纯粹、更简单、更干净、更清澈。

可以说,这已是一首全民参与、整个华夏民族创作的诗。因为李白用他的生花妙笔,触及了这个族群每一分子心中那种真切干净的思念,这个族群中的每一个人、每一个善良干净的灵魂就会自发地把诗中那种意境、那种瞬间向前推进,推进成无比干净、无比永恒的经典。

当我们在人生旅途中"举头望明月,低头思故乡"的时候,我们每一个人就是李白,李白就是我们每一个人;我们每一个人就是那首唐诗,而诗中流淌的、绵延不绝的美丽情感就是美丽华夏中的你我,就属于这片神州大地上的每一个人。

不与傻瓜论短长　不废江河万古流

——杜甫《戏为六绝句（其二）》

杜甫的《戏为六绝句》既各自成篇，又共同形成一个完整的整体。这一组诗开辟了中国文学史上以诗论诗的典范，也是后来屡盛不绝的"论诗绝句"的先河。

王杨卢骆当时体,轻薄为文哂未休。

尔曹身与名俱灭,不废江河万古流。

从性格的角度而言，大多数人可能最喜欢李白，其次才是杜甫。但其实杜甫除了诗律精细，诗风沉郁顿挫外，他也是有几分豪侠、豪爽气的。比如《戏为六绝句》可以看出他的这种豪爽之气。

下面，我们就来讲一讲那首著名的《戏为六绝句（其二）》。

诗云：

> 王杨卢骆当时体，轻薄为文哂未休。
> 尔曹身与名俱灭，不废江河万古流。

这组《戏为六绝句》中，最有名的就是这第二首。

"王杨卢骆当时体，轻薄为文哂未休。""初唐四杰"王勃、杨炯、卢照邻、骆宾王，他们大多才华横溢，却又命运多舛，屈居下僚。他们的诗文创作不拘俗套、清新刚健，一扫齐梁颓靡之风，但这就与隋末、唐初的文坛主流相违背。尤其在诗文的创作技巧上，显得有点粗糙，甚至没那么精细。

当时自诩为文坛主流的那批人，他们身居高位，又以诗坛领袖自居；他们讲求词语华章，讲究属对精细，讲究形式华美，讲究典故堆砌。他们仿佛握着技巧的尚方宝剑，可以讥讽、鄙视、嘲笑那些青春清新的力量。一句"轻薄为文哂未休"，说的就是文坛上那些泥古不化、却自以为握住了创作技巧的人。他们对"四杰"肆意嘲笑，笑他们的词语不够华美，文风不够绮丽，体现不出所谓的技巧与规范来。杜甫一句"轻薄为文哂未休"，便刻画尽了这帮自留地文人可怜、可笑的嘴脸。

站在历史规律的制高点上俯瞰沧海横流的杜甫，在刻画了自留地文人的嘴脸后，径直发出振聋发聩的批判与呐喊，"尔曹身与名俱灭，不废江河万古流"。

杜甫直言，你们这帮泥古不化的人，自以为掌握着文坛与诗坛的圭臬，自以为能确定创作的规范与技巧，在狭小圈子里互拍马屁，到最后留下的不过是一堆诗文的垃圾而已。空有诗文的形式与空壳，却没有真正的内涵，没有创作的精神与历史的风骨。

而这些正是"王杨卢骆"所有的，正是"初唐四杰"所有的。他们可能没有你们用词那么精细、那么华美，但他们书写了这个时代的精神，触及了时代的脉搏，替一个时代的到来发出了呐喊。在你们所谓"轻薄为文"的嘲笑里，他们的笔触、他们的心声、他们的创作，才是这个时代的最强音。他们终将如长江大河一般滚滚而下，终将历久不废、万古流芳。而你们这帮守旧的文人，在历史的长河中本就微不足道，也因此只能身名俱灭。你们对"四杰"的嘲讽，恰恰是历史对你们的嘲笑。

看到这里，我们不禁回过头来要问，向来温柔敦厚的杜甫，为什么会有这么激烈慷慨，甚至是豪爽侠气的评判呢？闻一多先生写过一篇著名的《宫体诗的自赎》，或许可为解答。

闻一多总结诗史说，从谢朓已死到陈子昂未生的一段时间，是宫体诗泛滥的主要时期。宫体诗就是描写宫廷生活的诗，或以宫廷为中心的艳情诗。它在南朝时以梁简文帝为太子时东宫的创作群体为代表。到后来像陈后主、隋炀帝，以及以唐太宗为中心的宫廷艳情诗创作，甚至到唐初的"上官体"，都是所谓"宫体诗"影响下纯粹讲求形式的创作，是只讲究词语、典故、对仗与技巧形式的典型代表。

闻一多先生说，这是一个缺乏真正第一流诗人的时期。所谓的主流文人们，他们占据着社会的上层，垄断着社会的资源，他们浮华奢靡却又自以为是，他们舞文弄墨，一味追求技巧、讲究规范，好像谁不按他们的路数来，谁就是下里巴人。

而"初唐四杰"正是在这片绮靡文风中突然崛起，在即将昂扬的时代里振臂高呼、放声长歌。他们挥洒内心的慷慨，说出"海内存知己，天涯若比邻"；他们激励内心的勇气，欲投笔从戎，大声呼喊"宁为百夫长，胜作一书生"；他们即使身染沉疴，也要微笑着吟唱"人歌小岁酒，花舞大唐春"；他们即使身陷囹圄，有着"无人信高洁，谁为表予心"的悲叹，也终究会放手一搏，发出"请看今日之域中，竟是谁家之天下"的终极呐喊。这就是"初唐四杰"，这就是"王杨卢骆当时体"，这就是"不废江河万古流"。这样的感慨，由杜甫发出就更显得别有深意。

事实上，就诗律的精细、创作技巧的高度与难度而言，杜甫可谓是"前无古人，后无来者"，但他并不因此夸耀，更不以此自矜，反倒能触及文学创作的本质，即为人生、为心灵、为时代而放声歌唱。故而，杜甫的诗在诗律、在技巧之外，能终成"诗史"，而他也被后人尊称为"诗圣"。那种眼光、那种格局、那种境界，又岂是所谓技巧派的保守文人所能比拟的呢？

杜甫的这一组诗开辟了中国文学史上以诗论诗的典范，也是后来屡盛不绝的"论诗绝句"的先河。后来元好问著名的《论诗绝句》、袁枚的《论诗绝句》，包括赵翼的《论诗绝句》，其实都是源于杜甫，源于他的这一组《戏为六绝句》。

杜甫的这六首绝句，它们既各自成篇，又共同形成一个完整的整体。

第一首，"庾信文章老更成，凌云健笔意纵横。今人嗤点流传赋，不觉前贤畏后生"。庾信晚年羁留北地，终于脱离了宫体诗的创作窠臼，反倒被保守诗人们嘲笑。杜甫却说，庾信的文章到了老年更成熟了，笔力高超雄健，文笔挥洒自如，正是"庾信文章老更成，凌云健笔意纵横"。可是没有眼光的保守文人们，却耻笑、讥讽庾信的晚年创作。杜甫说，看看你们这副嘴脸啊，如果庾信能活过来的话，大概真的要觉得你们"后生可畏"了。这里的"后生可畏"显然加了引号，"今人嗤点流传赋，不觉前贤畏后生"本身就是一种深刻的嘲讽。我们只能感慨，杜甫也是开玩笑的高手啊。

第二首便是这首"王杨卢骆当时体"，评价"初唐四杰"。而第三首"纵使卢王操翰墨，劣于汉魏近《风》《骚》。龙文虎脊皆君驭，历块过都见尔曹"，这是退一步说，即便是王杨卢骆"四杰"操笔作诗，可能有技巧上的问题，可能比不上汉魏的诗歌，而接近《诗经》《楚辞》。但他们还是龙文虎脊的千里马，可以为君王驾车、纵横驰骋，而不像你们这帮守旧文人，徒有躯壳却毫无内涵与脚力，跑几步路大概就会跌倒了吧。

第四首，更是直指宫体诗的保守文人，"才力应难跨数公，凡今谁是出群雄？或看翡翠兰苕上，未掣鲸鱼碧海中"。意思是说你们的才力难以超越上述几位，现在谁的成就能超出他们呢？你们这些人所作的技巧精细的诗文，不过是像翡翠飞翔在兰苕之上的一般货色罢了，根本缺乏格局与气度。而创作如果没有雄健的才力和阔大的气魄，最终也不过只是一些小巧的玩意儿罢了。都说杜甫温柔、敦厚，但他对这些保守文人的讽刺、挖苦何等辛辣！让我们不由得为老杜点赞。

第五首则是交代世人学诗之法。"不薄今人爱古人，清词丽句必为邻。窃攀屈宋宜方驾，恐与齐梁作后尘"。这就是说学诗之道确实要爱古人，要远溯魏晋风骨，要继承《诗经》《楚辞》以来的传统，但也不能因为爱古人就鄙薄像庾信，像"初唐四杰"这样的今人，而应把他们的清词丽句引为同调。如果能与庾信、能与四杰为邻，在内心又追攀屈原、宋玉，具有和他们并驾齐驱的精神和才力,这样就是人间正道。反之,就会沿流失源,坠入齐梁时期那种轻浮侧艳的后尘了。

最后一首,杜甫则提出了至高的学习与创作境界。他说"未及前贤更勿疑,递相祖述复先谁?别裁伪体亲风雅,转益多师是汝师"。首句"未及前贤更勿疑",应该还是批判那些守旧的保守文人的自以为是,他们蜩与学鸠般地叽叽喳喳,在大浪淘沙的历史面前根本算不上什么。"递相祖述复先谁",则是交代要学习的年轻人们,去学习、继承前人的优秀传统。只要在薪火相传的历史发展中,点燃自己生命里哪怕一丝的光和亮,也是生命的价值和意义,也是创作的价值和意义。

当然,学习还是要有眼光的,"别裁伪体亲风雅",是要区别、裁剪、淘汰那些形式主义、内容空泛的诗作,学习《诗经》以来的风雅传统。"转益多师是汝师",则是说不仅不耻下问,还要转益多师,只有虚心学习、快乐学习、终身学习,才是我们真正的老师!这一句"别裁伪体亲风雅,转益多师是汝师"成为千古不灭之真理,同时大概也是杜甫之所以成为杜甫的关键所在吧!

我个人揣摩这一名言,认为这也告诉我们两种学习、治学的姿态。一是首先要转益多师,要虚心求学。生活中处处皆学问，所谓"寸有所长，尺有所短"，只要虚心学习，哪怕那些不如你的人，他们善意的提醒与热忱的帮助，也能让你"百尺竿头，更进一步"，因为只有学习本身才是学习的最大法门。

不过，除了这种俯首甘学的姿态，同时还要拥有另外一种姿态，即"别裁伪体"，要知道哪些是没有意义的叫嚣与批评，哪些是徒耗精力的喧嚣与争吵。人生短暂、时光宝贵，要"常与智者争高下，莫与傻瓜论短长"。因此，人生既要"海纳百川，有容乃大"，又要"内断于心，自为主持"。只要不断地学习，坚定地成长，哪怕举世喧嚣与嘲笑，只要我们的心灵、我们的精神与前贤站在一起，那就终将会与"王杨卢骆"在一起，终将会"不废江河万古流"。

刘郎一曲竹枝词,道是无情却有情

——刘禹锡《竹枝词(其一)》

刘禹锡的《竹枝词》系列写女孩子的"闻郎江上踏歌声",写"道是无晴却有晴"的欢喜,写民间纯粹、活泼的生动恋情。此外,他还用《竹枝词》写了风俗、写了祭祀,写了原生态的民间生活。

杨柳青青江水平,闻郎江上唱歌声。

东边日出西边雨,道是无晴却有晴。

我个人太喜欢刘禹锡，喜欢他对历史、人生沉思后的那种深刻感悟。除了他的《酬乐天扬州初逢席上见赠》《秋词》《陋室铭》外，我还特别喜欢他的那首具有创新精神的千古名作《竹枝词》。

诗云：

杨柳青青江水平，闻郎江上唱歌声。
东边日出西边雨，道是无晴却有晴。

这真是一首绝妙的情词情歌，首句仿佛《诗经》，使用了起兴的传统手法。"杨柳青青江水平"是说杨柳青，青青如水，江水平，平平如镜。在这样清丽婉柔的春日里，江边的姑娘听到情郎在船上的踏歌之声。

接下来两句最为精彩，"东边日出西边雨，道是无晴却有晴"。这样纯粹的生活场景，我们在今天的生活中，尤其是暮春时节或者盛夏时节还可以经常看到。但这个典型的场景放在这首情词里，实在太有韵味了。我们既可以把它理解成"闻郎江上"所唱的歌声，是小伙子在唱"东边日出西边雨，道是无晴却有晴"。也可以把它理解成江边的姑娘，听了江上的情郎的歌声，心中宛转起伏，心潮难平，便有了"东边日出西边雨，道是无晴却有晴"的感慨。

相信所有的人都能听出，这里的"有晴""无晴"是一语双关，既是晴朗的晴，更是谐音情感的情。

少女听了情郎的歌声，心情固然起伏难平，但她却是一个聪明的女子，辨得清情郎的心意。"道是无晴却有晴"，重点当然是在"有情"了，所以她内心不禁喜悦起来。这时的杨柳青青，这时的春日春景，在她的眼中、在她的心中一下子都无比地鲜活起来。

这样的《竹枝词》读来真是朗朗上口，让人诵之、歌之不禁心生欢喜，不禁对人生、对生活生出一种别样的热爱来。这样美丽的《竹枝词》刘禹锡作了不止一首，这首只是他《竹枝词》二首组诗中的第一首。

第二首诗云："楚水巴山江雨多，巴人能唱本乡歌。今朝北客思归去，回入纥那披绿罗。""纥那"是代指踏曲的和声，这首诗是说，巴山楚水之地不仅雨水多，而且巴人善歌，唱歌时就有踏曲的和声。刘禹锡另有《纥那曲》："杨柳郁青青，竹枝无限情。周郎一回顾，听唱纥那声。"巴人这种踏曲的和声，音乐太过优美，三国妙解音律的周瑜周公瑾听了之后，也会为之频频回顾吧？

这里的楚水巴山，又不禁让我们想起他的名句"巴山楚水凄凉地，二十三年弃置身"。为什么同样的"楚水巴山"，却带给刘禹锡截然不同的感觉，并创作出这样风格大相径庭的诗作？

其实，这两首《竹枝词》之前，刘禹锡还有一组十分出名的《竹枝词九首》。

比如，其二也和"道是无晴却有晴"一样名动千古，云："山桃红花满上头，蜀江春水拍山流。花红易衰似郎意，水流无限似侬愁。"再比如，写世情的其七，云："瞿唐嘈嘈十二滩，此中道路古来难。长恨人心不如水，等闲平地起波澜。"还有写民情与生活的名作其九，云："山上层层桃李花，云间烟火是人家。银钏金钗来负水，长刀短笠去烧畲。"这么多《竹枝词》，经刘禹锡之手集中创作而出，在诗史上产生了巨大的影响。

接下来，中国诗史上开始出人意料却又情理之中地出现了一种极其壮观的景象，那就是《竹枝词》的创作开始大量涌现。在刘禹锡的时代，就有很多诗人开始用《竹枝词》与刘禹锡唱和，比如他的好朋友白居易，就曾作有四首《竹枝词》。而元稹、李涉等也有《竹枝词》的创作。

入宋之后,《竹枝词》的创作更是一下子繁荣起来。黄庭坚、杨万里都有《竹枝词》的创作。明清之际,《竹枝词》的创作不胜枚举,十分兴盛。比如曹雪芹的好友爱新觉罗敦诚,作为清宗室,也在自己的文集中留下了《东皋竹枝词》八首的创作。有学者统计,自刘禹锡开创《竹枝词》的传统算起,由中唐而下,宋、元、明、清文人《竹枝词》的创作,其总量加起来的话,甚至会超过全唐诗的总量,可谓蔚为大观。

说到这一独特现象,我们不禁要问一个问题。从诗史上来看,有很明确的证据表明,《竹枝词》最早并不是刘禹锡开始创作的,比如顾况早就作有《竹枝词》一首:"帝子苍梧不复归,洞庭叶下荆云飞。巴人夜唱竹枝后,肠断晓猿声渐稀。"

我们知道,少年白居易入京时专门去拜见的就是当时已经非常有名望的顾况。顾况听说他的名字叫白居易,就开玩笑说:"京城米贵,居大不易。"等读到白居易的"离离原上草,一岁一枯荣。野火烧不尽,春风吹又生",顾况大为惊叹,说有如此诗情文采,"居"也不难了。因为有顾况的提携，白居易才名声大振。白居易与刘禹锡同年，所以说顾况也是刘禹锡的前辈诗人。

既然顾况早就有明确的《竹枝词》创作，题目也是明确的"竹枝词"三字，但为什么诗史上却把《竹枝词》的开创之功归于刘禹锡呢？

前面我们说了，刘禹锡先是有《竹枝词九首》的创作，然后才有了包括这首"杨柳青青江水平"在内的《竹枝词》二首。

在《竹枝词九首》的创作中，它的诗题写作《竹枝词九首》并引，也就是说有一个诗引，其实就是一个诗序。在这里，刘禹锡很清楚地交代了这套组诗的创作缘由。刘禹锡明确说，他是继承了屈原从当地民歌中汲取营养而作《九歌》的传统，旗帜鲜明地主张向民歌学习，包括民歌的音乐形式和文辞的创作形式，然后用"七绝"这种文学体裁把它固定下来。可以说，刘禹锡的《竹枝词》正是作者自觉向民歌艺术学习的重要文学成果。

从诗歌格律和音乐声律看，这首最有名的"杨柳青青江水平"当然是很标准的七绝的形式，但是他的《竹枝词九首》里的很多作品，在平仄格律上都突破了七绝的创作要求，而更贴近生活、更贴近民歌的艺术表现特色。

从内容和艺术手法上来看,刘禹锡的《竹枝词》和白居易、元稹、顾况的《竹枝词》有一个根本的不同。那就是元、白、顾等人的《竹枝词》,其实只是形式上借用民歌的音乐形式,其本质和其他的诗歌创作没什么不同,都是"借他人之酒杯,浇心中之块垒",依然是即景抒情,依然是借景抒怀,讲的都是个体人生、自己的人生际遇与仕路感慨。

而刘禹锡的《竹枝词》系列就不一样了,他写女孩子"闻郎江上唱歌声",写"道是无晴却有晴"的欢喜,写的是民间纯粹、活泼的生动恋情。

此外,他还用《竹枝词》写了风俗、写了祭祀,写了原生态的民间生活。其中的世俗与风情早就超越了一己之悲欢,是真正俯下身来为生活、为民间的创作。这正是刘禹锡在《竹枝词》的创作上超越元白,超越顾况等人的地方,这也正是他为后世诗史推崇的地方。

我们在前面留下了一个疑问,为什么同样的楚水巴山,在刘禹锡的笔下却是截然不同的两种境界呢?

"巴山楚水凄凉地,二十三年弃置身"那交代的是事实。我们知道,在"永贞革新""二王八司马"事件中,在这场失败的改革中，受到打击最严重的就是柳宗元、刘禹锡，尤其是刘禹锡，整整被贬了二十三年。所以他才说"二十三年弃置身"，连白居易都同情地说他"亦知合被才名折，二十三年折太多"。可刘禹锡是怎么样的人呢？他就是蒸不熟、煮不烂、捶不扁，响当当一粒铜豌豆。

我们讲过，他之所以为诗豪，是因为比之李白、比之杜牧、比之苏轼、比之辛弃疾，他的豪放是一种人生本色的豪放。即便说着"巴山楚水凄凉地"，他也会笔锋一转，写出"沉舟侧畔千帆过，病树前头万木春"。所以他是极为坚韧、百折不挠的一个人，到了贬所之后，他不像柳宗元在凄苦之境里吟出"千山鸟飞绝，万径人踪灭。孤舟蓑笠翁，独钓寒江雪"，他能在每一个贬谪之地，和当地的百姓迅速打成一片。在别人看来，穷困潦倒、逼仄不堪的困境里，他却能重新觅得生活的生机与乐趣。

他到每一个地方，都会向民歌学习。从朗州到连州，到夔州，每一个地方都交了很多平民的朋友、农民的朋友，他甚至模仿农民劳作时的号子、山歌而作著名的《插秧歌》。正因为这种坚韧、这种快乐、这种永不屈服的昂扬精神，才让他积极地向民歌学习，产生了《竹枝词》的大量创作。

有了这种积极的心态、姿态，再加上无与伦比的才情，刘禹锡的《竹枝词》一作而开百代之先，成为古今《竹枝词》创作的标杆。"杨柳青青江水平，闻郎江上唱歌声"，如今听来，这里的歌声便是刘郎的歌声！刘郎一唱竹枝词，道是无情却有情。

精神的力量

——刘长卿《长沙过贾谊宅》

后人为什么对贾谊的故居如此呵护,如此看重?是因为历代的知识分子、历代的士大夫们在遭遇人生坎坷,在面临现实的不公之后,都喜欢来到这个地方去找寻命运的答案。

三年谪宦此栖迟,万古惟留楚客悲。

秋草独寻人去后,寒林空见日斜时。

汉文有道恩犹薄,湘水无情吊岂知。

寂寂江山摇落处,怜君何事到天涯。

我一直有一个观念，我们的母语文化系统之所以非常稳定，除了有汉语、汉字这样一套语言的系统之外，还有一个重要的内核，就是它的价值传承系统。

那么，什么是华夏文明稳定的价值传承系统呢？从刘长卿的这首《长沙过贾谊宅》中就可以一窥究竟。

诗云：

> 三年谪宦此栖迟，万古惟留楚客悲。
> 秋草独寻人去后，寒林空见日斜时。
> 汉文有道恩犹薄，湘水无情吊岂知。
> 寂寂江山摇落处，怜君何事到天涯。

这首诗的首联说："三年谪宦此栖迟，万古惟留楚客悲。"三年对万古，首联可谓触目惊心。

这是在说谁的三年，谁的万古？当然是在说贾谊。因为诗人路过贾谊的故居，心中感慨万千，眼前仿佛出现了贾谊贾太傅。他像在对贾谊说："虽然你被贬于此寂寞之地，住了三年，可是万古留下了你客居楚地的悲哀！"

这一句"万古惟留楚客悲"还真不是一句空吟！至今，

贾谊故居还挺立在长沙的闹市中。我去长沙讲学，也经过贾谊故居，就在太平街那个地方，还是很繁华的，现在也是省级文物保护单位。

自汉武帝开始为贾谊在长沙设立故宅，一直到现在，历经两千多年无数的战火流离、沧海桑田，可是世世代代，人们都将这个贾谊故居保护得很好。历史上贾谊故居其实被烧毁过六十多次，但后人也反复重建六十多次。应该是从明代始，在贾谊的故居还建立了祠堂，故宅和祠堂便合二为一，其中还有贾谊的井。现在的史学家考证，这确实就是贾谊当年住过的地方。

那么，后人为什么对贾谊的故居如此呵护，如此看重？因为历代的知识分子、历代的士大夫们在遭遇人生坎坷，在面临现实的不公之后，都喜欢来到这里去找寻命运的答案。

所以刘长卿在颔联中说："秋草独寻人去后，寒林空见日斜时。"踏着秋草独自寻觅你的足迹，可是只有黯淡的夕阳映照着这片秋日的寒林。为什么所见是如此的暗淡，是如此的萧瑟呢？因为心中有呐喊，有悲痛。

到了颈联，他又说："汉文有道恩犹薄，湘水无情吊岂知。"史上有著名的"文景之治"，汉文帝可谓是一代明君，可是这样的明君对大才如贾谊者依然恩疏情薄。

这就要说到贾谊的生平和命运了。

贾谊可以说是西汉少有的天才级人物。他学习非常刻苦，博览群书。小的时候，就跟随著名的博士张苍学习《春秋左氏传》，甚至还为《左传》做过注释。

十八岁时，贾谊因为能诵《诗经》《尚书》，闻名乡里。当时河南郡郡守吴公，据说原来是李斯的学生，慧眼如炬，特别赏识贾谊，把他招至门下。在贾谊的帮助下，吴公治理的河南郡被称为是天下之一。汉文帝即位之后，吴公任廷尉，就是当时的最高的司法长官。吴公向汉文帝推荐了贾谊。汉文帝开始确实非常欣赏贾谊的才学。贾谊年轻气盛锐意进取，为汉文帝拟定策略，还为改变时弊制定了很多积极的政策。

在这个过程中，因为贾谊想维护汉文帝的中央集权，就和周勃、灌婴这些老臣发生了矛盾，自然不为这些当权派、保守派所容。加之贾谊向来洁身自好，不肯同流合污，汉文帝的一个宠臣邓通尤其忌惮他，就经常在汉文帝面前说贾谊的坏话。

所以，贾谊外有权臣攻击，内有邓通陷害，最后的结局就是贾谊被贬出了京师。他先是去当长沙王的太傅，这时候的长沙王是长沙靖王吴著，是汉代最后一个留下来的异姓王。在所有的封王里，长沙王的地位是最低的。

贾谊在长沙待了整整三年，英雄无用武之地，心情抑郁至极。三年之后，汉文帝又想起贾谊来了，把他叫回长安，甚至在未央宫祭神的宣室接见贾谊。汉文帝知道贾谊的才学很大，可是在宣室里，他和贾谊彻夜长谈，却不问天下正事，频频问的反倒都是鬼神之事。所以李商隐写过一首绝句，说："宣室求贤访逐臣，贾生才调更无伦。可怜夜半虚前席，不问苍生问鬼神。"

此时，当年压制贾谊的权臣灌婴已经死了，周勃也在赦免之后被赶回封地。按道理，这次贾谊可以被重用了吧？然而汉文帝还是没有重用他，只是让他到梁怀王那里去任太傅。

梁怀王刘胜是汉文帝最喜爱的一个儿子，贾谊这一次虽然算不上升迁，但也是一种重视。不幸的是，不久之后梁怀王刘胜入朝时，不小心骑马摔死了，贾谊自己作为太傅觉得没有尽到责任，深深自责，第二年就抑郁而终，终年不过三十三岁。

一方面，贾谊在西汉初年的那个时代才学出众，尤其是他的思想和眼光其实是指引了一个时代。他的《过秦论》《论积贮疏》，还有著名的《治安策》，对后来汉武帝大一统国策的实行起到了重大的指导作用，甚至可以说是为汉武盛世的出现奠定了思想基础。但另一方面，大汉王朝当时的那个朝廷对贡献出巨大智慧和思想成果的贾谊又是如此不公。所以刘长卿一句"汉文有道恩犹薄"，真是千古之叹。

接下来一句"湘水无情吊岂知"，是说湘水无情，又怎知我对你的一片深情呢。于是这种深情，转为最后的浩叹："寂寂江山摇落处，怜君何事到天涯"，如此江山，草木零落，山川俱寂。可怜你究竟是何故被贬到这天涯之地。

刘长卿还只是在感叹贾谊的命运吗？他的诗中塑造的只是一个悲愤的贾谊吗？我们可以想见，在贾谊故宅里徘徊良久、悲愁莫名、仰天长叹的刘长卿，又何尝不是别有衷情，别有可悲呢？

有学者考证，刘长卿在诗坛的辈分和杜甫其实差不多，可是直到唐玄宗开元十四年，可能才刚刚考上进士。倒霉的是，他刚考上进士，突然就爆发了"安史之乱"。像写下《枫桥夜泊》的张继、刘长卿这些人，都是因为突然爆发的乱世，个人的命运横遭打击。

后来，刘长卿虽然终于走上仕途，可是无论在肃宗朝还是代宗朝，因为他的性格，依然屡屡遭受上司的诬告和打压，甚至曾经被诬下狱。唐代宗大历五年前后，耿直的刘长卿再次被上司打压诬告，贬谪睦州。就是在这次贬谪的路上，经过长沙，特意前往凭吊贾谊，并留下千古名作《长沙过贾谊宅》，一则凭吊贾谊，二则借他人之酒杯浇胸中之块垒。

事实上，又何止是刘长卿呢？司马迁、杜甫，他们都曾经来到长沙，来到贾谊的故宅凭吊先贤。而贾谊也同样在这里凭吊过更早的先贤——屈原。他曾在这里写下著名的《吊屈原赋》《鹏鸟赋》。你看，从贾谊到司马迁、到杜甫、到刘长卿，这是一脉相承，借凭吊先贤咏志抒怀，这就叫薪火相传。

在湘水的岸边，贾谊凭吊屈原，杜甫、刘长卿凭吊贾谊，独立之精神、上下求索之价值在这些生命中薪火相传、绵延不绝。不论现实如何坎坷，暗夜如何漫长，终有一点烛火。哪怕一灯如豆，在字里行间，在他们的诗篇里，在先贤的生命里，得以一代又一代传续下来。

这就是文脉，这就是文明，这就是华夏绵延千载、永恒不朽的力量。你若有机会去长沙，不妨去贾谊故居走走，看看，去寻找一下前贤的足迹，去感悟一种精神的力量。

山雨欲来风满楼

——许浑《咸阳城东楼》

那些拥有敏锐感知的诗人,有时候就是历史的知更鸟、历史的预言者。诗歌沧桑的历史感也就随之而来,正所谓"鸟下绿芜秦苑夕,蝉鸣黄叶汉宫秋"。

一上高城万里愁，蒹葭杨柳似汀洲。

溪云初起日沉阁，山雨欲来风满楼。

鸟下绿芜秦苑夕，蝉鸣黄叶汉宫秋。

行人莫问当年事，故国东来渭水流。

《咸阳城东楼》是晚唐诗人许浑的一首千古名作。

诗云：

> 一上高城万里愁，蒹葭杨柳似汀洲。
> 溪云初起日沉阁，山雨欲来风满楼。
> 鸟下绿芜秦苑夕，蝉鸣黄叶汉宫秋。
> 行人莫问当年事，故国东来渭水流。

说到许浑，我的心中特别激动，特别骄傲。

许浑是我老乡，是江苏丹阳人。丹阳属于镇江，现在还有一个地方叫丁卯桥。

说起来，这个桥来头可不小。这是东晋时候建的一座桥，是晋元帝司马睿的儿子司马衷建的桥。因为建桥的时间是丁卯日，所以就叫丁卯桥。

许浑这部诗集的名字就叫《丁卯集》。

为什么呢？

许浑晚年的愿望就是回到这个地方，这是他最喜欢的地方。他建了他的丁卯别墅，随后便隐居在此。因为许浑，这座丁卯桥更加有名了。尤其到了宋元明清，很多文人都来丁卯桥凭吊先贤。像我特别崇拜的一代先贤大师王阳明，就到这里住过，留过诗。他说："绿野春深地，山阴夜静时。冰霜缘径滑，云石向人危。"写的就是丁卯桥别墅。

唐文宗大和六年（公元832年），许浑考中了进士，当时他已经四十多岁了。

考中科举之后，他的心情其实和孟郊差不多，孟郊有首诗叫《及第后》，许浑考中进士之后也写了一首《及第后春情》。开篇说"世间得意是春风，散诞经过触处通"，也不逊于孟郊的"春风得意马蹄疾"了。

然而，这个时候大唐已是江河日下。许浑的性格本来就比较内向，当他敏锐地感知到整个王朝如日薄西山，便萌生了退隐之心。

大中三年（公元849年），在监察御史任上，他终于以病退为由回到故乡，回到老家丹阳丁卯桥边。后来，朝廷又任命他做睦州刺史和郢州刺史，但他已没有青年时候的雄心壮志。他最大的心愿就是在他热爱的故乡，在丁卯桥村编订他的《丁卯集》。

有意思的是，许浑和唐代两位大诗人李白、杜甫都有着奇妙的联系。

纯粹从人际关系来讲，他和李白更亲。许浑祖籍湖北安陆，李白在安陆可是住了十年。许浑的六世祖就是唐代的名相许圉师，李白娶的第一任妻子就是许圉师的孙女。这样算起来，李白是许圉师的孙女婿，而许圉师又是许浑的六世祖，许浑应该叫李白曾祖姑父。

而在诗歌创作上，许浑却是和杜甫息息相关。后人有一联非常有名，把许浑和杜甫放在一起，所谓"许浑千首湿，杜甫一生愁"。

要注意的是，这不是诗歌的"诗"，而是湿润的"湿"。丹阳属于镇江，镇江古称润州。这里其实是说许浑真不愧是江南水乡之人，写诗最喜欢写水的意象。他留存的五百多首诗百分之八十多都写到了水、雨、露。而杜甫的诗歌沉郁顿挫，所以叫"杜甫一生愁"。

不过，把许浑和杜甫放在一起，还不仅仅是这种简单的对比，而是因为许浑的创作里有一个鲜明的特色。

格律诗，后人公认当然是杜甫天下第一。许浑就学杜甫，他平常从来不写古体诗，李白喜欢的歌行等古体他都不写，他只写近体诗，绝句写得很棒，比如说"清明时节雨纷纷"，那首著名的清明诗，现在学界考证版权有很大可能不属于杜牧，而属于许浑。当然，学术界公认许浑写得最好的就是五律和七律，这首《咸阳城东楼》就是一篇著名的七言律诗。

首联："一上高城万里愁，蒹葭杨柳似汀洲。"这首诗的题目叫《咸阳城东楼》，这是登楼诗的一种惯用笔法，开篇便说，"一上高城万里愁"。关键是接下来的第二句，这一句非常妙。"蒹葭杨柳似汀洲"，"蒹葭"这个词，大家读后，首先想起来的一定是《诗经》的"蒹葭苍苍，白露为霜，所谓伊人，在水一方"吧？

《诗经》里那首《蒹葭》，属于十五国风中的秦风。所以，一个"蒹葭"直接就和诗题的"咸阳城"对应起来了，说明是在秦地。接下去的杨柳，只是静态的景物描写吗？诗人只是写水边的蒹葭和河边的杨柳吗？

咸阳在唐代的时候，也叫渭城。不知大家是否想起了王维的"渭城朝雨浥轻尘，客舍青青柳色新"？古人为什么特别看重杨柳？折柳送别，柳者，留也。从汉代汉乐府就有《折杨柳曲》，也就是《折柳曲》。李白便说："此夜曲中闻折柳，何人不起故园情。"

在唐代的长安有两大送别胜地，一个是送友人往东边去，就是往洛阳，包括许浑的老家丹阳方向，都是在灞桥送别。正所谓"年年柳色，灞陵伤别"。灞桥，是向东边去的著名送别之地。而渭城呢，"渭城朝雨浥轻尘，客舍青青柳色新。劝君更尽一杯酒，西出阳关无故人"，就是说送朋友要往西边去，要西出阳关，走河西走廊，就是在咸阳城这个地方送别了。

折柳送别在渭城，看似只是简单的写景，但一个蒹葭引向了秦风，时间上的脉络打开；一个杨柳，又把空间的感觉打开了。更妙的是"蒹葭杨柳似汀洲"，汀洲最多的当然是江南了，所以一下子又仿佛穿过了浩渺的时空，仿佛看到了故乡一样。

总体来说，第一联中这种景色的描写还是比较静态的。在静态的铺垫之后，动态的颔联就成为了千古名联："溪云初起日沉阁，山雨欲来风满楼。"

在这一联的后面，许浑的《丁卯集》有一个自注，他说"南近磻溪，西对慈福寺阁"。溪云就是磻溪里的水气聚拢而起，云雾缭绕，通过溪南的慈福寺阁看去，一轮红日渐薄远山。它落下去的轨迹正好和慈福寺阁相叠，仿佛是靠近了寺阁而落。说明这时候太阳虽然还能看到，但是太阳已经无力，已经注定要沉落下去了。

当太阳的光芒减弱的时候，云气却在蒸腾酝酿，突然之间凉风突起，所谓"风为雨头"，"山雨欲来风满楼"这句话写得实在是太精彩了，本为写景，但后来却为人们在生活中常常用到，它的比喻意义、象征意义实在是太妙。

许浑是在大中三年监察御史任上，提出要病退辞职的，他的这首《咸阳城东楼》也就是作于这个时间前后。许浑想离开官场的理由虽然是身体不好，但关键原因是什么？他看到了整个大唐王朝，就像他诗中写的那样，已经是山雨欲来，风雨飘摇。

那些拥有敏锐感知的诗人，有时候就是历史的知更鸟、历史的预言者。诗歌沧桑的历史感也就随之而来，正所谓"鸟下绿芜秦苑夕，蝉鸣黄叶汉宫秋"。在落日的残辉之中，飞鸟落到长着绿草的秦苑，而秋蝉正在挂着黄叶的汉宫中鸣叫。请注意，首先是"秦苑"和"汉宫"，我们知道咸阳是秦代的都城，到了汉代叫长安。但这个长安和唐代的长安还不是一回事。

到了隋朝的时候，整个皇城向东南移了二十里，建新城。隋代建的新城才是后来唐代的京师长安。而汉代的长安，所谓"汉宫"的长安和秦代的咸阳,就是"秦苑",就和新都长安隔渭水相望了,因此最后一联才称它为"故国"。

"行人莫问当年事,故国东来渭水流。"为什么"行人莫问当年事",因为"秦苑"和"汉宫"后面还跟着两个字,一个是夕阳的"夕",夕阳虽然无限好,只是已近黄昏,大势已去。

另一个则是秋天的"秋"。秋天秋蝉,就更不用说了!到了秋蝉,已是"露重飞难进,风多响易沉"。时势如此,诗人不禁感慨万千,又有什么可说的呢?这里的行人应该也包含许浑自己。

许浑在外游宦,却时时念着故乡,当然有游子行人之感。退一万步说,正如东坡居士所言,人生如逆旅,我亦是行人,谁又不是行人呢?

"秦苑汉宫",这就是故国,"东来"不是指渭水东来,而是指诗人东来。诗人的家乡在东边,从东面而来,即使从长安来到咸阳,同样也是东来。只见渭水汩汩滔滔,无声流淌,多少历史沧桑、人间岁月,尽在不言之中,真是感怀深重、别有韵味。

所以后人评价说:这首诗既有绝妙好词,像"山雨欲来风满楼",又感慨深重。《唐诗摘钞》说:唯老杜有此笔力。《唐诗快》则说:如此凭吊,亦何可少!而许浑也因为这首诗,留在了我们心中。

曾经最美的爱情　曾经最好的人间

——李煜《玉楼春·晚妆初了明肌雪》

这样一位女子,却在最美好的年华离世而去,把一切都留在了李煜的回忆之中,也让我们悟到了人间的悲哀与无奈。

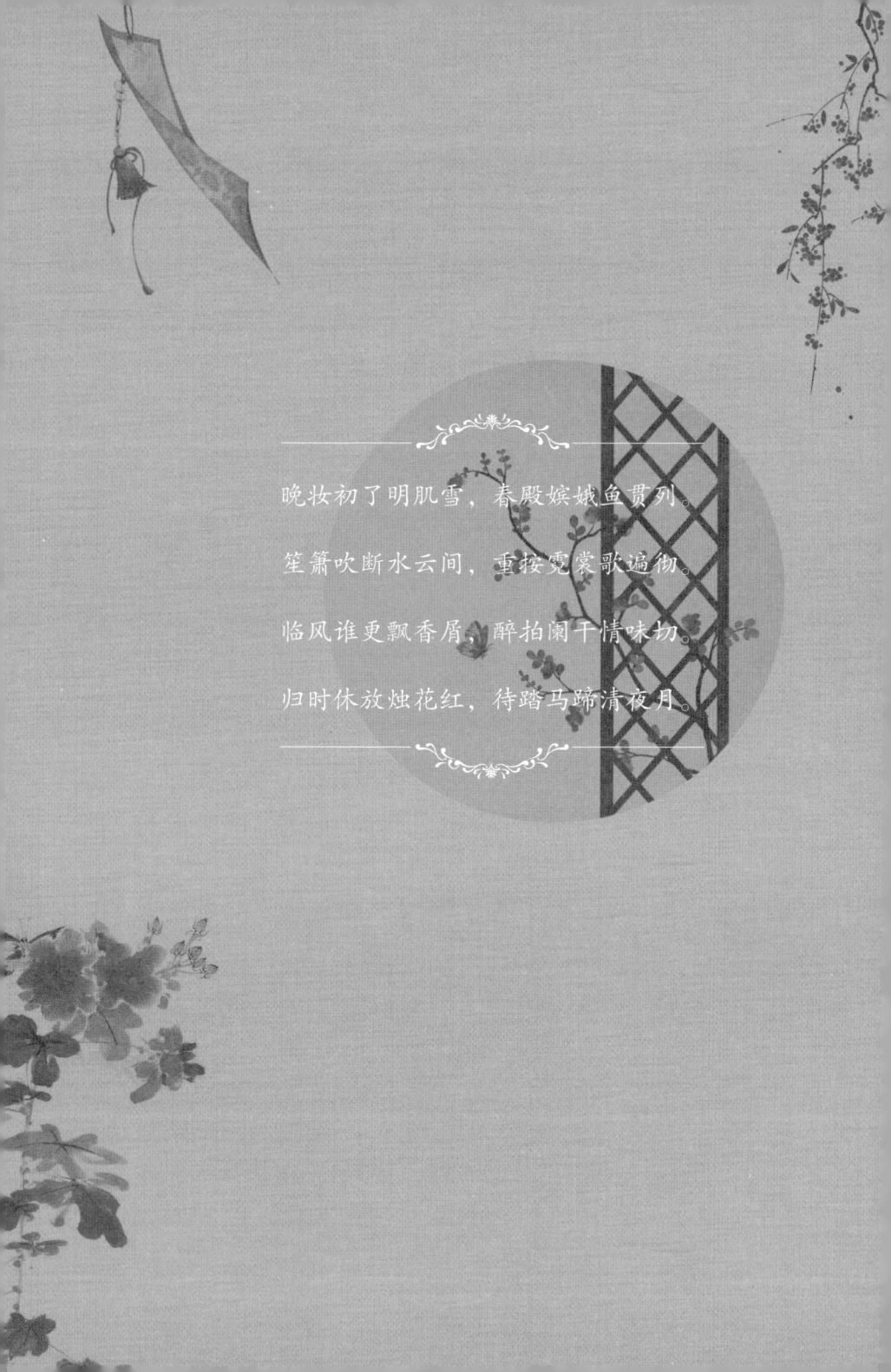

晚妆初了明肌雪,春殿嫔娥鱼贯列。

笙箫吹断水云间,重按霓裳歌遍彻。

临风谁更飘香屑,醉拍阑干情味切。

归时休放烛花红,待踏马蹄清夜月。

我们知道，李煜的《挽词》讲了他与人周后、小周后之间的微妙情感，《菩萨蛮》讲了他和小周后"花明月暗笼轻雾，今宵好向郎边去"的美丽约会。而《玉楼春·晚妆初了明肌雪》，则是他与大周后之间那场绚烂多姿的感情。

词云：

> 晚妆初了明肌雪，春殿嫔娥鱼贯列。
> 笙箫吹断水云间，重按霓裳歌遍彻。
> 临风谁更飘香屑，醉拍阑干情味切。
> 归时休放烛花红，待踏马蹄清夜月。

据说，这首美丽的《玉楼春》最初是写在无比美丽的澄心堂纸上的。

澄心堂纸是"文房四宝"中的名品，至今"台北故宫博物院"还保存着"宋四家"之一蔡襄的名作《澄心堂帖》。《澄心堂帖》是蔡襄写给友人的信，蔡襄当年写此信札，便是委托友人代为搜寻或制作纸中名品"澄心堂纸"。而"澄心堂纸"之所以为"澄心堂纸"，就是得益于李煜。

李煜虽然治国无方，却有着常人难以企及的艺术天赋，他对宣纸的喜爱、研究与改良，实在是功莫大焉。后来他将这种纸中名品，收藏于南唐烈祖李昪居金陵时读书以及览阅奏章所居的"澄心堂"中，并特别设局监制，故名之为"澄心堂纸"。美术史家曾称澄心堂纸"肤如卵膜，坚洁如玉，细薄光润，冠于一时"。

南唐亡后，刘敞偶遇南唐宫人，才知道这种被视为珍宝的澄心堂纸在内府尚有遗存。得纸之后，刘敞赠送十幅给欧阳修，欧阳修得纸后没有独享，又分赠两幅给梅尧臣。梅尧臣得纸之后欣喜若狂，作《永叔寄澄心堂二幅》，诗云："滑如春冰密如茧，把玩惊喜心徘徊。"欧阳修在和刘敞的诗作中则说："君家虽有澄心纸，有敢下笔知谁哉！"明代有名的大书法家董其昌，得了澄心堂纸时，也感慨地说"此纸不敢书"。

而这首名动一时的《玉楼春·晚妆初了明肌雪》，也是落笔在澄心堂纸之上。这样美丽的词，这样美丽的纸，还有那段美丽的往事、美丽的情感，和那一个美丽的夜晚，应该是那个痴情的李煜留给后人的一段终将逝去的美丽青春。

李煜写作这首《玉楼春·晚妆初了明肌雪》的时候二十多岁，正青春。那时宋兵未至，大难还未临头。他的生活里，还只有书法、艺术、音乐与爱情。

在那个如此美好的夜晚，伶工们都已准备就绪，歌舞即将上演。那些准备歌舞的宫女们，晚妆已毕、明艳照人。"晚妆初了明肌雪"，所谓肤如凝脂、肌肤如雪，晚妆已罢的舞女们，何等美丽。只见她们的装扮便知即将开演的歌舞的美妙。"春殿嫔娥鱼贯列"，"鱼贯列"三字说明宫女人数之多，以及舞队之整齐。"嫔娥"两字，则说明不仅有宫娥，还有嫔妃，可见这场歌舞的阵仗之大。

到底什么样的歌舞需要那么多的人，需要那么隆重的准备呢？"笙箫吹断水云间"。笙和箫都是管乐器，是要用来吹的。"吹断"则是"吹尽"的意思。在古诗词中"断"往往是"尽"的意思。所以"吹断"就是"吹尽"，是指乐工们尽自己的所能，把乐曲演奏到极致。而乐声飘扬，回荡于水云之间，让人如闻仙乐、如临仙境。这样的排列、这样的音乐、这样的明艳、这样的晚妆，都是为了一曲怎样的歌舞啊！

第四句便交代了真相，"重按霓裳歌遍彻"。原来，这样精心的准备、这样浩大的阵仗、这样极致的音乐，都是为了要演奏美丽的"霓裳羽衣舞"啊！

看上去这只是一场歌舞晚会，但因为它演奏的是"霓裳羽衣舞"，这场歌舞晚会就大有不同。《霓裳羽衣舞》原名《婆罗门》，是唐代乐舞的代表之作，是被称为"梨园之祖"的李三郎和杨贵妃联合创作的不朽经典，也是他们爱情的见证。

据说唐玄宗登三乡驿，望见女儿山，即传说中的仙山，触发灵感，先作《霓裳羽衣曲》，后又经舞蹈天才杨玉环的演绎，由玄宗配乐而成《霓裳羽衣舞》。但不论是《霓裳羽衣曲》，还是《霓裳羽衣舞》，因为规模宏大，"安史之乱"后便已失传。到了南宋年间，姜夔发现商调的《霓裳曲》有乐谱十八段，但这只是整部《霓裳羽衣》的一部分而已。姜夔整理之后，保存在他的《白石道人歌曲》里。在《霓裳羽衣舞》和《霓裳羽衣曲》失传数百年之后，姜夔还能得见《霓裳羽衣曲》的大段残谱，实在是得益于李煜和大周后那段无比美丽的爱情。

陆游的《南唐书》、马令的《南唐书》都记载了一件事，就是李煜辗转得到了唐玄宗遗留的《霓裳羽衣曲》的残谱。但因为是残谱，乐工按残谱索其声，却不能尽善尽美。这时，一个关键的人物出场了，她和李煜意趣相合、志趣相投，尤其关键的是，她精擅于音乐，尤善琵琶。凭着这种无上的技艺和艺术灵感，终于呕心沥血，帮李煜彻底恢复了《霓裳羽衣曲》《霓裳羽衣舞》。所以百年之后，姜夔才得以看到大段残谱。所以，在那个美丽的夜晚，李煜才能欣赏到"笙箫吹断水云间，重按霓裳歌遍彻"。

这个"通书史、擅歌舞"，可称为"妙人"的女子，就是李煜的发妻大周后周娥皇。李周两家结姻，既是门当户对，也是父母之命；既有父辈的祝福，也有共同的志趣。两人兴趣相投，相辅相就，可谓是最好的爱情、最好的姻缘。

可以想见，当《霓裳羽衣曲》被周娥皇复制而出，重降人间，年轻的李煜那难以描绘的高兴与快乐。"临风谁更飘香屑，醉拍阑干情味切。"此时宫中原本"有主香宫女，其焚香之器曰把子莲、三云凤、折腰狮子……凡数十种，金玉为之"，这时主香的宫女用精美的香器焚烧起名贵的香屑，氤氲的香气随着音乐、随着舞蹈，随风而来。闻香却不见焚香之人，于是明知故问："临风谁更飘香屑？"仿佛无理却有情，更显意气风发，飘然欲仙。而"醉拍栏杆情味切"，逸兴遄飞，酣饮畅醉，以致乐已忘形，把栏杆拍遍，神采飞扬。

这首词的前六句写尽了歌舞宴饮的欢乐，而歌阑酒散、情满欢极之后，这位情思婉转、风流倜傥的南唐国主，生花妙笔却忽然一转，由不尽的繁华美妙而至清凉世界。"归时休放烛花红,待踏马蹄清夜月。"明人王世贞评曰:结尾两句诚为"致语"。叶嘉莹先生则说:"后主真是一个最懂得生活之情趣的人。而且'踏马蹄'三字写得极为传神,一则,'踏'字无论在声音或意义上都可以使人联想到马蹄嘚嘚的声音;再则,不曰'马蹄踏'而曰'踏马蹄',则可以予读者以双重之感受,是不仅用马蹄去踏,而且踏在马蹄之下的乃是如此清夜的一片月色,且恍闻有嘚嘚之声入耳矣。这种纯真任纵的抒写,带给了读者极其真切的感受。"是啊,如此轻灵的月、宁静的夜、清脆的马蹄声、朦胧的花束、习习的春风,在那样的歌舞之后,在那样的美妙之后,与心爱的人携手同归,偃烛熄火,骑马踏月,好一个美妙的人间,好一个清凉的世界。

因为有这样美妙的夜晚,这样美妙的音乐,还有周娥皇这样美妙的人,李煜才能写下这样美妙的词句,落笔在美妙的澄心堂纸上。曾经的那一刻,简直就是最美妙的人世间。然而,就是这样一位女子,却在最美好的年华离世而去,把一切都留在了李煜的回忆之中,也让我们悟到了人间的悲哀与无奈。

在路上

——温庭筠《商山早行》

在早春的清晨,商山中有一个孤单的早行人。他怀着满满的孤寂和愁思,伴着霜冷和月色走向远方,那个落寞的背影叫作——温庭筠。

晨起动征铎,客行悲故乡。

鸡声茅店月,人迹板桥霜。

槲叶落山路,枳花明驿墙。

因思杜陵梦,凫雁满回塘。

下面要讲的这首诗的题目叫《商山早行》，不要看这简单的四个字，其实很有小说的感觉。地点、时间、人物以及事件，但凡小说的几个要素都体现在其中了。

诗歌毕竟不是小说，诗歌短短几十个字，怎么能像小说那样把人生、把故事、把情节尽情展开？不过，诗歌有时候又优于小说，有时候只需要展开一点点，哪怕一个瞬间、一个截面，就可以给人"言有尽而意无穷"之感，给人无穷的想象与思绪的蔓延。

所以对于诗歌而言，选择哪个截面哪个点就非常关键了。那么，我们就来看看温庭筠的这首《商山早行》，仔细揣摩一下他选择的精彩。

诗云：

> 晨起动征铎，客行悲故乡。
> 鸡声茅店月，人迹板桥霜。
> 槲叶落山路，枳花明驿墙。
> 因思杜陵梦，凫雁满回塘。

商山，交代了地点。商山是一座山的名字，也叫楚山，位于今天陕西商洛市东南山阳县和丹凤县辖区交汇的地方。有学者考证，唐宣宗大中十二年到十三年之间（公元858—859年），温庭筠离开长安，经过这里。人物，当然是温庭筠自己。那么，事件呢？就是早行。对于古人来讲，早行太普遍了。夜晚行路，有时旅店一旦错过，就很难再找到另一个落脚点，危险就有可能随暗夜而来。因此古人都是早行早宿，早上早早出发，到下午或者傍晚的时候早早投宿。

那么，时间到底早到什么时候呢？一般我们都是通过这首诗最有名的第二联，也就是"鸡声茅店月，人迹板桥霜"来见诗人早行之早。但第一联看似写得极平易，很寻常，其实也有可细细揣摩之处。

"晨起动征铎，客行悲故乡。"一句描述，一句感慨。"客行悲故乡"似乎是泛泛之论、通常之论。游子在外，所谓"在家千日好，出门一时难"，大概身在旅途，每个人都有故乡之悲。可是对于温庭筠来讲，这种泛泛的悲情之外，他的悲有没有什么特殊的内涵呢？这一点我们放在后面再说。

我们通过第一句，知道诗人早晨起来准备出发了。再追问一下，他准备出发到底准备到哪一步了？是早晨刚刚起来才洗漱完，想到马上要出发；还是站在窗口，看到外面车马已经备好；还是已经走到院子里，马上就要上车了？

这句诗里有一个"铎"字，这个字一般的解释是铃铛，"征铎"就是车行时悬挂在马脖子上的铃铛。但这个"铎"字，在古代儒家社会那可真是不简单。

木铎在古代的意义不得了。《周礼》记载："徇以木铎。"郑玄笺注说："古者将有新令，……文事奋木铎，武事奋金铎……"这是指，朝廷将有重大法令颁布的时候，涉及文事的就摇木铎，关乎武事的就摇金铎。所以，《诗经》中的采诗就和木铎息息相关，而孔夫子以木铎为教化之象征。《论语·八佾》里说："天下之无道也久矣。天将以夫子为木铎。"这个世界无道太久了，上天有意让孔子成为天下的向导。后来，刘勰《文心雕龙》便称赞孔子说："木铎起而千里应。"

因此，"铎"虽然可以是铃铛，但对古人来讲，征铎、动铎那不是随便可以像摆弄玩具一样弄着玩的。当诗人说"晨启动征铎"的时候，他一定不是在屋子里发呆，也不是在窗口张望，他一定是已经来到马车边，马上就要出发了。

这也可以从后两联来反证。后两联是他的所闻所见。颔联最有名："鸡声茅店月，人迹板桥霜。"这可说是千古名联了。

据欧阳修的《六一诗话》记载：一天，梅尧臣对欧阳修说，最好的诗应该"状难写之景，如在目前；含不尽之意，见于言外"。欧阳修就请他举例来说明，他举了两个例子，其中就有温庭筠的"鸡声茅店月，人迹板桥霜"。

"鸡声"，这是听到的。听到鸡声应该是什么时间呢？古代鸡叫的时间一般是寅时。"茅店月"，这是看到的。寅时是什么时间，早上三到五点的时候，这时候太阳肯定还没有出来呢，月亮还在天空中洒着它的清辉。天空中的月亮和地面的霜就完美地对应在一起了。

问题是"板桥霜"的"霜"，虽然霜冷说明时间之早，可是居然已经有"人迹"，已经有脚印了，真是"莫道君行早，更有早行人"。但是可以细想一下的是，这个人迹是多还是少？肯定是少，如果已经有很多脚印，诗人也就谈不上早了。

诗人已经有早行的悲哀，可是看到比他更早的早行的足迹，这种悲、这种愁一下子就有了普遍的价值和意义。所以梅尧臣说这一句"鸡声茅店月，人迹板桥霜"实在是太精彩了，是最好的诗，因为道旅辛苦，"几缕愁思岂不见于言外乎"。

可是"鸡声茅店月，人迹板桥霜"这一联也只说了一层早，其实诗中还有一层早。"鸡声茅店月，人迹板桥霜"的早是早在明处，还有一层早是早在暗处，就在第三联颈联中。

"槲叶落山路，枳花明驿墙。"这里诗人一抬眼看见了两种树，非常关键。我们说诗人顺着人迹板桥霜，一抬眼看到两种树，这也说明诗人一定不是在房中，一定是已经来到了院中，甚至就在马车前，甚至就刚刚上了马车，马上就要出发。

"槲叶落山路"，这个槲叶到底是什么呢？在商洛这一带，槲树和枳树（枳花是枳树）非常多。槲树特别奇特，它的叶片很大，端午节的时候可以拿来包粽子，当地有一种粽子就叫槲叶粽。槲叶到了冬天，也会枯黄，可是它很顽强，即使枯了之后也不掉下来，大多存留在树枝。直到第二年早春，树枝将发嫩芽的时候，去年的槲叶才纷纷掉落。而枳花，也是在早春开的那种白色的小花。这一句"槲叶落山路"，就隐藏了第二层的早了。

所以说商山早行，这里有两层早，一是当天的早晨之早，一是槲叶、枳花所提示的早春之早。读不懂这一层早春之早，就难以明白第四联所谓的"因思杜陵梦，凫雁满回塘"。

一般解释第四联多是温庭筠想家了，想起昨夜做的归乡之梦，甚至遥想野鸭、大雁在早春的时节，已经挤满了的曲岸的湖塘。可是，温庭筠想到归乡之梦，为什么会想到"凫雁满回塘"，为什么想到野鸭、大雁挤满了曲折的湖塘呢？

这一联其实就和第一联的"客行悲故乡"息息相关了。

温庭筠是并州祁县人,就是今天山西晋中的祁县。他是唐初名相温彦博的后裔,算是名门之后。但是,他长期住在长安杜陵,已把这个地方当成他的故乡。那么,在长安杜陵,他心中的故乡、梦里要回到的故乡,一定有什么让他念念不忘的事吧。

首先让温庭筠念念不忘的是他无比坎坷的功名之路。温庭筠和杜牧一样,都才学惊艳,反应奇快。温庭筠反应快到什么地步,他可以"凡八叉手而成八韵",作诗的速度比曹植七步作诗还要快,时人视为奇观。尽管这么大的才学,他参加科举考试,却怎么考都考不中。甚至他帮着别人都能考上,自己却考不上。

大中十年(公元856年),应该是温庭筠最后一次参加博学宏词科的考试,这一次不仅同样没考上,朝廷还说他搅扰场屋,后又被除随县县尉。温庭筠不得已,便打算去投奔山南东道节度使徐商,最终离开了长安。去往随县中间经过商山,便写下了这首《商山早行》。

当然,温庭筠写作此诗的具体时间,学术界也还有争议,但大致的时间应该不差。如果是这个时间的话,温庭筠是四十八岁左右,长安于他而言,另外一个放不下的牵挂就是才情、容貌惊艳一世的学生鱼玄机了。

人生的幸与不幸,真的都是福祸相依。我们在讲《新添声杨柳枝词》时提到,温庭筠一生有三大遗憾:一是才学满腹,最终却考不中进士。二是他学问那么好,却长得很丑,当时人给他起个外号叫温钟馗。第三就是错过了与鱼幼薇鱼玄机的那段感情。

命运弄人之处,就是温庭筠与鱼幼薇的相遇吧。

虽然世人说温庭筠长得难看,可是鱼幼薇却知道他的心灵有多么美,是一个多么好的人。鱼幼薇在跟从温庭筠学习的过程中,爱上了自己的老师。温庭筠虽然勇于批判那些权贵、那些流俗,可在自己聪明美丽的学生面前却不能跨出那一步。最后,在温庭筠的帮助之下,鱼幼薇被状元李亿纳为妾室。

李亿虽然爱鱼幼薇的美色和才情,但更爱他的原配夫人的家族地位。而他的原配是一个悍妇,鱼幼薇被多次凌辱之后,终于被赶出家门。伤心之余,写下"易求无价宝,难得有心郎"的千古名句。后来鱼幼薇做了女道士,改名鱼玄机。最后因为杀了俾女绿翘案,被判死刑,命殒刑场。

如果这首《商山早行》确如许多学者推断的那样，作于温庭筠四十八岁左右，这个时间应该就是鱼幼薇才嫁给李亿不久，或者被李亿正妻驱赶，又被李亿藏于外室的这段时间。"凫雁满回塘"，早春的时候，野鸭、大雁在湖塘之中是在觅食吗？所谓"关关雎鸠，在河之洲"，早春往往是这些水鸟寻找配偶的时节，温庭筠多半怀想的一定也有鱼幼薇的美丽与温情吧。

当然，这些解读也有可能是我们在解诗的过程中想得太多，温庭筠很可能就是"客行悲故乡"，就是简单地怀念他那个回到杜陵的梦。可是，人的内心何其丰富，而诗正是拨动心灵的那根奇妙的弦。

在早春的清晨，商山中有一个孤单的早行人。他怀着满满的孤寂和愁思，伴着霜冷和月色走向远方，那个落寞的背影叫作——温庭筠。

红尘中的赤子心

——苏轼《定风波·莫听穿林打叶声》

所有人生的坎坷与磨难,其实都是为了让你我能像东坡居士那样,找到这样的契机,找到这样完美的人生姿态。

莫听穿林打叶声，何妨吟啸且徐行。

竹杖芒鞋轻胜马，谁怕？一蓑烟雨任平生。

料峭春风吹酒醒，微冷，山头斜照却相迎。

回首向来萧瑟处，归去，也无风雨也无晴。

下面这首词是怎样的境界呢？是东坡居士的境界。而这首词之前的东坡并不是东坡，只是苏轼，此后的东坡才是名扬千古的东坡居士。

这就是标志着苏轼蜕变为苏东坡的千古名作《定风波·莫听穿林打叶声》。

词云：

莫听穿林打叶声，何妨吟啸且徐行。竹杖芒鞋轻胜马，谁怕？一蓑烟雨任平生。

料峭春风吹酒醒，微冷，山头斜照却相迎。回首向来萧瑟处，归去，也无风雨也无晴。

这首诗有题记，苏轼交代说："三月七日，沙湖道中遇雨。雨具先去，同行皆狼狈，余独不觉，已而遂晴，故作此词。"苏轼和友人一起在沙湖道中，猝不及防，突然下雨了，又没带雨具，别人都狼狈躲雨，唯东坡居士吟啸徐行。所以他说，不必去理会那穿林打叶的雨声，不妨一边吟咏着，长啸着，一边悠然地前行。竹杖和芒鞋轻捷便利更胜过马儿，怕什么呢？一身蓑衣足够在风雨中过上一生了。料峭的春风，把酒意吹醒，寒意虽然初上，山头初晴的斜阳却阴晴相映。回头望一眼走过来的风雨萧瑟路，信步归去，于我而言，无谓风雨，无谓天晴。

这首词作于元丰五年（公元1082年）的三月七日，地点是黄州东南三十里的沙湖道中。

"问汝平生功业，黄州惠州儋州"，黄州就是从苏轼到苏东坡的蜕变之所。说起苏轼来，历史上有很多我们耳熟能详的评价，乐观、旷达、圆融、超脱，可这些品性的源头，又在哪呢？我以为只是四个字——"赤子之心"，或者说"纯粹"。

每个人来到人世，本来都是天使，都有一颗赤子之心，可是在成长的过程中，欲望、情绪、习性以及生活中各种各样的诱惑，都会使我们失去了原本的纯粹，当然这也是成长所不得不付出的代价。但当世人大多都在红尘中迷失了本我的时候，还有极少数的人，能够葆有最初的真实与纯粹。这样的人便是有赤子之心的。李后主、苏东坡、王阳明、纳兰容若，莫不如此。

李煜与纳兰容若是一类，因亡国、丧妻之痛，把一颗赤子之心引向自身的伤感与痴情，尤能真切感人。而苏轼和王阳明是一类，因人生的大坎坷，把一份赤子之心引向超越，最终升华出更卓绝的自我，从而光照文明的千秋。心学大师王阳明身陷冤狱，大难不死，之后被放逐穷荒，在边远的贵州龙场悟道，终于成就五百年来第一完人。而苏轼同样因"乌台诗案"身陷囹圄，大难不死后被放逐黄州，在偏僻之地痛定思痛，终于成就了千古一人的东坡居士。

苦难是人生最宝贵的财富。由东坡居士，由阳明先生观之，诚然如是啊！当然，苦难只是契机，能否最后挣脱、超越、升华，那还要看每个人的天赋、信仰、心性和积累。

苏轼初到黄州的时候，心中同样也只有沉郁悲凉。

元丰三年（公元1080年）的二月，由于"乌台诗案"，这也是北宋最大的文字狱，苏轼虽免于一死，却最后仍以罪官的身份，拖家带口来到被贬谪之地黄州。因为罪官的身份，当地政府并不给他提供住所和食宿。无奈之下，苏轼只能带着全家寄居在黄州东南的定慧院中。于是，在一个夜晚，他写下了著名的《卜算子·黄州定慧院寓居作》："缺月挂疏桐，漏断人初静。谁见幽人独往来，缥缈孤鸿影。　惊起却回头，有恨无人省。拣尽寒枝不肯栖，寂寞沙洲冷。"孤独、寂寞、寒冷，除了这些，还有什么呢？

久居寺院终究不是办法，到了五月的时候，苏轼全家搬往江边被废弃的官府驿所——临皋亭。转眼到了中秋，如此境地，又如何能写出"明月几时有？把酒问青天"的《水调歌头》啊！于是，来到黄州第一年的苏轼提笔写下了"世事一场大梦，人生几度秋凉"，也有版本写作"心凉"。无论是秋凉还是心凉，大梦一场的世事，带给苏轼的最终只剩下阵阵凉意。

不光是精神的苦闷，物质生活的艰苦也是苏轼此生从未遇到过的。因为黄州本质上是他的羁押之所，没有俸禄，也就断了经济来源。加上苏轼生性好客，不善经营，以前虽有俸禄，但钱财随手辄来，随手辄去，没有多少积蓄。苏轼这时候不得已与妻子商量，每日全家用度不超过一百五十文，并且把钱串挂在房梁之上，谨慎支取，可见当时窘迫到什么地步。

苏轼后来有诗说，黄州的猪肉好吃又便宜，然而开始的时候，苏轼连价钱极贱的猪肉也买不起。那时候，他的长子苏迈年龄已经大了，次子苏迨、幼子苏过年龄还小。每日吃饭的时候，乳母就在房梁上挂一块腌肉，苏迨和苏过只能看肉下饭。苏过最小，经常喊，"哥哥多看了一眼"，乳母便忙着安抚他，"哦，他多看了，齁死他"。

眼见着苏轼的窘迫，当地人也看不下去了。黄州有位叫马正清的读书人，就向官府申请了城东一片撂荒的旧营地，交给苏轼开垦。苏轼大喜过望，放下士大夫的矜持，带领全家整饬荒地，躬耕陇亩，竟然觉得其乐无穷。他想起唐代白居易当时被贬忠州的时候，也特别喜欢忠州城外的东坡，而如今自己便躬耕黄州东坡之上，一时顿悟，自号东坡。由此一念起，人生境界咫尺千里！

从此苏轼在东坡之上不仅干农活、耕作，在第一场初雪来临的时候，还在朋友们的帮助下，带领家人盖起了五间房子。因为瑞雪初临，苏轼遂手书"东坡雪堂"。东坡居士和东坡雪堂自此成为黄州最厚重的文化积淀。

正是在东坡的耕作之中，东坡雪堂里东坡居士的诞生，标志着苏轼的人生蜕变。他先是反思人生，不仅是牢狱之灾，而且是此前全部人生岁月的格局、视野、喜好与得失。他在灵魂的深处直面过往的自我，绝往日之非，也找到对理想、信仰的坚持。就在这种反思和寻找之中，曾经的苏轼，现在的东坡居士，放下了那些自以为是的浮华，找回了自己的本心，和自己、和世界达成了真正的和解。

你看，他以最俗的"东坡"二字为号，我们现在叫习惯了，觉得很雅，可在当时"东坡"二字和南坡、北坡、西坡，有什么区别呢？这是非常俗的号。

苏轼不在乎世邻的讥笑，扛起锄头来就像个农夫。他经常与野老村夫为友，活得就像一个黄州的土著，彻底融入了百姓的生活。只有放得下，才能拿得起。从黄州偏僻的尘土里站起来的东坡居士开始慢慢成为一个大写的奇迹。

标志着这种改变的升华，就是元丰五年的三月，苏轼和朋友到黄州东南三十里的沙湖去买田，途中突然遇雨，东坡居士吟啸徐行，"一蓑烟雨任平生"，人到中年，回望向来的萧瑟，已然"也无风雨也无晴"。这是一种怎样的人生境界！

有了这种人生境界的东坡居士，在这一年的秋冬，和朋友两次去黄州赤壁，写下了光照千秋的前后赤壁赋，以及那首名作《念奴娇·赤壁怀古》。而这三篇作品，代表了苏东坡在哲学、文学上所达到的崭新高度。可以说，当黄州成全了苏轼的时候，苏轼也成全了黄州。黄州赤壁虽然不是赤壁之战的旧址，却因此名满天下，成为人文胜迹。

所有人生的坎坷与磨难，其实都是为了让你我能像东坡居士那样，找到这样的契机，找到这样完美的人生姿态。"莫听穿林打叶声，何妨吟啸且徐行。回首向来萧瑟处，也无风雨也无晴。"

春风十里,何如有你

——秦观《行香子·树绕村庄》

人生若只有干净爽朗的春天,那该多好。那样就不会有"郴江幸自绕郴山,为谁流下潇湘去"的悲痛,而只有眼中的"桃花红,李花白,菜花黄",只有眼前的"莺儿啼,燕儿舞,蝶儿忙"。真是春风十里,何如有你!

树绕村庄，水满陂塘。

倚东风、豪兴徜徉。

小园几许，收尽春光。

有桃花红，李花白，菜花黄。

远远围墙，隐隐茅堂。

飏青旗、流水桥旁。

偶然乘兴、步过东冈。

正莺儿啼，燕儿舞，蝶儿忙。

在品读诗词与人生这个系列，我们曾经讲过秦观的《鹊桥仙》。下面，要讲的是秦观的另一首名作《行香子·树绕村庄》。

词云：

树绕村庄，水满陂塘。

倚东风、豪兴徜徉。

小园几许，收尽春光。

有桃花红，李花白，菜花黄。

远远围墙，隐隐茅堂。

飏青旗、流水桥旁。

偶然乘兴、步过东冈。

正莺儿啼，燕儿舞，蝶儿忙。

一般说来，词牌里有"子"，常常就是小令。比如说《破阵子》，就是从非常庞大的乐曲《秦王破阵乐》里选了一小段作为小令。又如《女冠子》《卜算子》《南乡子》《行香子》，也都是如此。但是，《行香子》和《破阵子》《南乡子》《卜算子》这些小令在音乐上的区别是什么呢？区别就在"行香"

这两个字上。

据南宋程大昌的《演繁露》记载："行香，即释家之谓行道烧香者也。行道者，主斋之人亲自周行道场之中；烧香者，爇之于炉也。"从南北朝开始，朝廷会举办行香的法会。行香就是主持法会的人在道场中走的时候的背景音乐。韩愈的弟子、唐代诗人张籍，也有诗说"行香暂出天桥上，巡礼常过禁殿中"。说明行香本意是以短小的音乐形式，歌颂礼佛过程中的绕行上香，所以它的音乐风格应该是比较干净、轻快的。

理解了《行香子》原来的音乐风格，再来看秦观的这首《行香子》，我们就会发现这首《行香子·树绕村庄》确实是秦观词作中难得的轻快之作。

上片写"树绕村庄，水满陂塘"，这是在写什么？这是在写春意不知不觉中越来越浓郁了。在冬天，村庄也有那些树，可是你却难以感到"树绕村庄"，因为树木都是枯枝败叶。只有当小路旁、原野里、村舍边的树木郁郁葱葱的时候，才会有这样的感觉。

而"水满陂塘"，这个感觉就不是"春水初生，春林初盛"了，而是"春水始盛"了，水不仅要涨起来，甚至都要满溢出来了。有一个词牌叫"迈陂塘"，它另一个名字大家更熟悉，叫"摸鱼儿"，最有名的《摸鱼儿》就是元好问的"问世间情是何物，直教生死相许"。"陂塘"就是池塘的意思。"树绕村庄，水满陂塘"，讲的是春意在不知不觉间浓郁了起来，人们也在不知不觉间受到这种盎然春意的影响。

所以，作者"倚东风、豪兴徜徉"，一个"徜徉"体现出无限的自由自在的感觉！

接下来，一种很关键的视觉感受来了："小园几许，收尽春光。有桃花红，李花白，菜花黄。"你看，这五彩的春光，不仅有桃红李白，还有菜花的黄，三种颜色一出，立刻让人感觉春光缭绕、眼花缭乱。小园虽然小，却收尽春光。可是，收尽春光的只是小园吗？真正收尽春光的，其实是诗人的眼睛。

那么，上片写的是什么？上片写的是诗人所看到的。过片到下片的时候，依然还是从视觉开始写起，只见"远远围墙，隐隐茅堂"。远处的围墙和隐约的茅草屋，这些都不需要刻意去看，在余光中即可清晰地感知到这一切。

"飏青旗、流水桥旁。"这才是诗人刻意看到的。

不过，诗人只是看到了吗？

诗人看到在春风中肆意飘扬的青旗，也就是青色的酒幌子。古人的酒幌子，在商店门外相当于是一个广告，一般都蛮大的。如果说"飐青旗",说明这样的酒幌子在风中是怎样的飘扬呢,只有飘扬的样子吗?

刚才讲了"水满陂塘",春天的水都洋溢起来,那么再想想"流水桥旁",小河里的流水又是在怎样流呢?是静水深流吗,是无声地在流吗?不,是哗啦啦地在流。我突然想起以前许多经典老歌的歌名,比如说《小河淌水》《泉水叮咚响》。

显然,"飐青旗、流水桥旁",就不仅仅只是诗人经过的时候看到的。小河哗啦啦地响,风吹着青色的酒幌子,也在哗啦啦地响。这一片盎然的春景,如果只有颜色却没有声响,那该多么无趣。所以,诗人最后说"偶然乘兴、步过东冈"。这时候还是"看到"的吗?"正莺儿啼,燕儿舞,蝶儿忙。"当然还是看到的,但这样的春景里充满了一种春天的声音,声音里传递出了别样的生机和欢乐。

在这首词中,秦观描写的田园春色、乡村春景,不仅有所见,还有所闻,再加上用了极朴质的白描手法,让我们读来如在目前,又如在耳旁,把"行香子"的轻快之风表现得淋漓尽致。

这样的秦观,和我们印象中的秦观,好像有点错位。作为一代婉约词宗的秦观,他的风格不应该是"自在飞花轻似梦，无边丝雨细如愁"吗？不应该是"有情芍药含春泪，无力蔷薇卧晓枝"吗？不应该是"可堪孤馆闭春寒，杜鹃声里斜阳暮"吗？不应该是"金风玉露一相逢，便胜却、人间无数"或者"两情若是久长时，又岂在、朝朝暮暮"吗？那样深情婉约的秦观秦少游，怎会写出这样轻快、干净、晓畅的《行香子》来呢？

　　我们在讲《鹊桥仙》的时候说过，秦观早年在老家扬州读书的时候，性格是蛮开朗的。为结识自己心目中的偶像苏东坡，特意在得知苏东坡要路过扬州时，事先策划了一场精彩的自荐。

　　苏东坡路过扬州，一处寺庙（有人说就是扬州的大明寺）是必经之地。在寺庙的墙壁上，苏东坡突然发现了一首诗。看到这首诗，苏东坡突然觉得很恍惚，这首诗的诗风，甚至书法，都和自己非常相似，以至于东坡居士一时间觉得好像就是自己的创作。但无论怎么想，他都想不起来自己什么时候在这个地方写过这样一首诗。

　　满腹疑窦的苏大学士一路前行，来到了好友孙觉的家中。这时候，孙觉拿出一本文集交给苏东坡来鉴赏。苏东坡一看，大为赞赏，脱口而出说，在寺庙墙壁上题诗的一定就是这个年轻人。

这个策划了如此精彩的自荐的年轻人就是二十六岁的秦观。

秦观不仅满腹才学，而且聪明伶俐，悟性极高，最关键是心中还有着中国知识分子士大夫阶层坚定的情操和信仰。所以他后来深得苏轼的赏识，成为苏门四学士中最为苏轼珍爱的学生。当然，在新旧党争中，秦观也受到老师苏东坡的牵累，备受对手打击，他的创作风格也就渐渐转为深情婉约。

后来，当秦观病逝于贬谪归来途中，苏轼得知消息之后，在扇子上题写下秦观的《踏莎行》，悲伤地说"少游已矣，虽万人何赎！"民间还盛传苏轼把自己的妹妹苏小妹许配给了秦观。这虽纯属民间传说，但也说明苏轼对秦观的赏识、喜欢和呵护。

讲到此，不由得让我们生出无限感慨，人生若只有干净爽朗的春天，那该多好。那样就不会有"郴江幸自绕郴山，为谁流下潇湘去"的悲痛，而只有眼中的"桃花红，李花白，菜花黄"，只有眼前的"莺儿啼，燕儿舞，蝶儿忙"。真是春风十里，何如有你！

只流清气满乾坤

——王冕《墨梅》

王冕所书、所画之所以千古流传,不仅因为他的《墨梅图》《墨梅诗》展现了他个人凌霜傲雪、清气满乾坤的坚毅品格,同时也象征了我们这个民族、这个族群卓尔不群、敢为天下先的独立精神。

吾家洗砚池头树，个个花开淡墨痕。

不要人夸好颜色，只流清气满乾坤。

一些千古经典之作，在传诵、流传的过程中，因为太过经典，人们太过喜爱，就有了大众的创作，有了大众参与的热情。在讲《静夜思》的时候我曾经说，我们就是李白，李白就是我们。

下面要讲的是元末明初王冕的一首千古名作《墨梅》，同样也是如此。

诗云：

吾家洗砚池头树，个个花开淡墨痕。
不要人夸好颜色，只流清气满乾坤。

看到这里，大家可能立刻就会感觉很诧异，这和我们平常读到的"我家洗砚池边树，朵朵花开淡墨痕。不要人夸颜色好，只留清气满乾坤"很不一样嘛！

王冕的这首《墨梅》，本身是一首极经典作品，所以在传诵的过程中，越来越口语化、通俗化。文人也好，士大夫也好，普通的民众也好，都会不自觉地在传诵中，加入自己的理解。这就使得经典之作的版本流传，出现很多类似于语言学上的讹变。

比如说文人参与创作之后，最重要的一个变化就是第三句。是"不要人夸颜色好"，还是"不要人夸好颜色"，是各种版本中争议最大的地方。经常有人问我，最早的版本确实是"不要人夸好颜色"，但为什么流传越广的反而是"不要人夸颜色好"呢？

这就是因为格律诗的音韵问题。

王冕打破固有格式，以偏拗体相代，反倒更能体现出他笔下《墨梅》的独特风姿、傲然风骨。但是，大众参与传播之后，尤其是那些熟读诗词的文人，格律、平仄对他们而言几乎变成一种本能的意识，所以在诵读流传的时候，极有可能就本能地用平仄感觉去诵读。加之汉语的特点与语意的丰富性，语序稍有些改变之后，也根本不影响对诗意的理解。在传播的过程中，"不要人夸好颜色"也就变成了更为流行的"不要人夸颜色好"了。

在传诵过程中，连文人、士大夫都有那么强烈的参与二次创作的欲望，更不用说普通大众了。像第二句的"个个花开淡墨痕"，"个个"，本来就是"朵朵"的意思，但语气上更铿锵、更有力度。可是，它和我们大众对花的感觉并不十分吻合，后来在传播过程中渐渐就变成了"朵朵花开淡墨痕"。

同样，最后一句的"只流清气满乾坤"的那个"流"，"流动"的"流"，是指"流传""流布""流溢"之意。所谓"清气满乾坤"，是弥漫、流动在天地之间，是一种精神的力量，是一种生机与活力，薪火相传、永不止息。所谓"流芳千古""千古流芳"，也是"流传""流布"之意。

不过，在普通人的生活中，更容易接受的却是"留存"，所谓"浩气长存""留取丹心照汗青""十步杀一人，千里不留行"。这种"留存"之意，其实更符合大众的思维定式和接受直觉。这样，"只流清气满乾坤"在传播的过程中，尤其是在大众传播的过程中，也就变成了"只留清气满乾坤"了。

在我们这个诗词的国度里，大众对于参与经典之作的激情、热情，最典型的更表现在这首诗的第一个字里。第一个字本来是"吾家洗砚池头树"，现在最流行的版本是"我家洗砚池边树"。为什么会这样？因为对大众而言，"吾家"念起来太过文言，而"我家"说起来就自然而然。"池头树"改为"池边树"，也同样是因为"池边树"的感觉更符合大众的语言习惯。

从"吾家"变成"我家"，从"池头树"到"池边树"，从"个个花开"到"朵朵花开"，从"不要人夸好颜色"，到"不要人夸颜色好"，从"只流清气"到"只留清气满乾坤"，这首诗真的也像李白的《静夜思》一样，在它千古传诵的传播过程中，充分体现了每一位民众、每一位诗词爱好者，对那些经典之作二次创作的激情。

那么有人可能会质疑，凭什么说最前面提到的那个就是最早的版本？有什么证据能说明王冕当时写的《墨梅》就是"吾家洗砚池头树，个个花开淡墨痕。不要人夸好颜色，只流清气满乾坤"呢？

这个问题就简单多了，不像《静夜思》要做大量的版本源流考证才能说明问题，甚至还要引述日本《唐诗流传》等版本的记载。王冕的这首《墨梅》，版本证明之所以简单之极，是因为它是一首"题画诗"。

王冕是一个伟大的诗人，更是一个伟大的画家。王冕"牧牛学画"的故事相信很多人都耳熟能详。王冕小时候家里很穷，父亲就让他去给人家放牛。王冕放牛的时候，听到乡里学堂传来朗朗的读书声，心生羡慕，那美丽的读书声唤醒了他内心生机勃勃的向学之心。于是，他常常把牛拴在树上，悄悄走到学堂边去听老师讲课。一次他听完之后，出来发现牛居然不见了。父亲听说他丢了人家的牛，又生气又害怕，将他痛打一顿。

因为好学，王冕不仅喜欢读书，还喜欢画画。

一年夏天，一个雨过天晴的傍晚，王冕到湖边去放牛。这时候阳光透过白云，照得满湖通红，湖边的山上青一块、绿一块，非常好看。树叶经过雨水的洗礼，绿得更加可爱。湖里的荷花也开得格外鲜艳，荷叶上的水珠像珍珠似的滚来滚去。

王冕心想，要是能把这幅景象画下来，该多好啊！于是他把树叶捣烂，挤出汁水，当作绿色的颜料；又把红色的石头研成粉末，和着水调匀之后当作红色的颜料。起初王冕的荷花、荷叶一点儿也不像。可他并不灰心，画一张不像就再画一张，对着荷花仔细地琢磨。最后，他画的荷花简直就像湖里长出来一样，好看极了。

其实，王冕作为元末明初最重要的画家，他最擅长画的还不是荷花，而是梅花。他一生爱好梅花，后来种梅、咏梅，专攻画梅，他的《墨梅图》可以说是元明之际画坛上的翘楚。但最可惜的是，王冕身逢元末明初乱世之际，又兼之七百年来世事沧桑、岁月变换，所画《墨梅图》留存下来的其实并不多。不幸之中万幸的是，就是题写《墨梅》诗的那幅《墨梅图》，却历尽兵火劫难、岁月沧桑，幸运地保存至今。

这幅横 50.9 厘米、纵 31.9 厘米的《墨梅图》，现在就保存在北京的故宫博物院内。这幅不朽的传世名作之上，赫然有王冕亲笔题写的这首《墨梅》诗。诗后有注"王冕元章为良佐作"，其下更附有"王元章印"，收藏家均确认为王冕真迹。这也就可证明王冕《墨梅》诗的最初的版本，确实是我们在本文开始时所提到的版本。

王冕所书、所画之所以千古流传，不仅因为他的《墨梅图》《墨梅诗》展现了他个人凌霜傲雪、清气满乾坤的坚毅品格，同时也象征了我们这个民族、这个族群卓尔不群、敢为天下先的独立精神。

你看，那画里的朵朵梅花似乎是洗笔后淡墨留下的痕迹，并没有那么鲜艳的颜色。因为它从来不需要别人去夸许它的颜色，它所在意的只是要把清淡的香气，绵绵不绝流布于这天地乾坤之中。

这就是墨梅的高风亮节，这就是墨梅的独特气质！这同样也是诗人的高风亮节、独特气质，更是每个时代的先行者、民族的脊梁们的高风亮节与独特的精神气质！真正的志士仁人、真正的民族脊梁、真正的时代担当，他们的人生、他们的精神、他们终极的追求，一定是"不要人夸好颜色，只流清气满乾坤"！

随园里的时光

——袁枚《苔》

综合袁枚的两首《苔》来看,真是一本人生的教科书,告诉我们人生的志趣与情趣缺一不可,提示我们既要有坚定的志向、强大的自信,此之为志趣;又要有快乐的生活、幽默的姿态,此之为情趣。

白日不到处，青春恰自来。

苔花如米小，也学牡丹开。

《苔》这首诗以前可以说是鲜为人知。然而因为《经典咏流传》这个节目，因为乡村小学老师梁俊和学生们的演绎，一下打动了无数国人。

我很喜欢这首诗，也很喜欢他们的演绎，觉得他们抓住了袁枚这首小诗的精神、精髓。

诗云：

> 白日不到处，青春恰自来。
> 苔花如米小，也学牡丹开。

随园，我的母校南京师范大学的校园，袁枚曾经的私家园林，曾经一度被称为东方最美丽的大学校园。

这座园林为什么叫作随园呢？因为随园是江宁织造的府宅。这又和《红楼梦》文化的起源息息相关，学术界就此还有一些争议。

曹家被抄家之后，继任的江宁织造是隋赫德，曹家的府宅也就变成了隋赫德家的府宅，当时称之为"隋宅"。袁枚后来辞官不做，在江宁买下隋家旧宅，便改"隋"为"随"，取人生随缘、随遇而安之意，将这片著名的江南园林重新构造，命名为随园。

1913年，中国最早的女子大学，也就是南京师范大学前身之一的金陵女子学院在南京筹建。一开始买的是莫愁湖附近李鸿章的故居，但因居地偏狭，无法构建校舍。1915年正式开学之前，又购买袁枚的故居随园作为金陵女子学院的校舍所在。后来，南京师范大学另一个前身三江师范学堂，也就是后来的两江师范学堂都并入了国立中央大学。1954年院系调整，学校拆分为现在的东南大学、南京大学以及南京师范大学。原来的金陵女子学院和三江师范学堂的那一部分，又重新回到了随园。

我从读本科开始，一直到研究生、博士生、博士后、留校任教，将近整整三十年的时光，都徜徉在随园的怀抱里。作为随园的一分子，看到随园主人袁枚的这首《苔》一下子传唱大江南北神州各地，心里真是万分激动。

那么，袁枚为什么会写这样一首精致可爱的五言小品呢？

"苔"指的是客观世界里的苔藓、苔花，尤其是"苔花如米小"，那也就非常明了。苔花开花的时候，尽管只如同米粒般大小，但它没有自卑，没有沮丧，没有怨恨，更不会低头，它学着牡丹的样子昂然怒放，尽情释放属于自己人生的美丽，燃烧属于自己人生的快乐，实现着自己人生的价值。

现在为了鼓励更多的女性投身社会公益服务，有一个专门的评奖就叫作"女性公益苔花奖"。而梁俊老师和他的学生们的音乐演绎，乐曲、歌词，尤其是现代诗的演绎实在是精彩至极：

> 如果没有那次眼泪灌溉，
> 也许还是那个懵懂小孩。
> 溪流汇成海，梦站成山脉，
> 风一来，花自然会盛开。

后来媒体报道的时候，用了一个很煽情的说法——一首孤独了三百年的小诗，从而亿万中国人一夜之间记住了它。

这为什么会是一首孤独了三百年的小诗呢？随园主人袁枚又为什么会关注到如米小的苔花盛放呢？

这其实和袁枚的人生经历人生境界息息相关。我们知道，袁枚在清代诗坛可谓是一代宗师，但他在18世纪乾隆朝时，虽风光一时无两，却也饱受争议。

就袁枚的一生来看，他自我的精神品格与文化品性并不被当时的主流价值观所认可。

严迪昌先生在《清诗史》里评价袁枚的个性，总结起来就是一个词"不耐"，不耐烦的意思。说他不耐烦学书，字写得很糟糕；不耐烦作词，嫌作词必依谱而填；不耐烦声韵格律束缚，始开性灵宗派；不耐烦学满语，乾隆七年（公元1742年）任庶吉士的时候，因习满文不合格最后被放知县；甚至最后这种不耐烦发展到极点，主动放弃仕途，看透世情辞职归隐时，年仅三十四岁。在当时的士大夫眼中，袁枚就是一个异类。

袁枚辞官归隐之后，更是将这种异类的气质和表现发挥到了极致。他花巨资重新修葺随园之后，随即做了一件让世人瞠目结舌的事情。他令人将随园的围墙全部拆除，使之成为中国历史上第一个全开放式的私人公园。当时南京的市民，乃至来自全国各地的人都可以自由出入随园，私家之美景成为天下共有之美景。

袁枚首先展现的是他作为美食家的风貌。他不惜重金广求名菜、名谱与名厨，在随园中大展美食的诱惑。每有美食名肴，便于荷花池畔、消暑亭中与友共饮共食之，天下为之瞩目。袁枚的《随园食单》一时间风行天下，他也成为著名的畅销书作者，各种作品陆续问世。有人统计，他每年的畅销书收入就达四千两白银之多。

在成功的市场运作之后，接下来袁枚更是让所谓传统的士大夫阶层大跌眼镜。他在诗文的创作上，提倡独抒性灵不拘格套，成为清代性灵派的一代宗师。

像他这首五言小诗《苔》，第一句"白日不到处"，上来就是五个仄声，完全出人意料。当时的守旧派文人，按照严格的格律，就说他以"鄙俚浅滑为自然，尖酸佻巧为聪明，谐谑游戏为风趣，粗恶颓放为豪雄……"。

袁枚不仅倡导以性灵为宗，以抒发性情为创作宗旨，更是冒天下之大不韪，第一次在随园中收女弟子，这在中国古代社会简直可谓石破天惊。我觉得金陵女子学院后来把校舍选在随园，正是冥冥之中的缘分，是最好的一脉相承、薪火相传。可是在那个时代，在守旧文人的眼中，袁枚公开收女弟子，无疑就是魔道妖言，溃诗教之防。

我在岳麓书院讲学的时候，曾经听到过一个很有名的传说。

当年袁枚到长沙讲学，因慕岳麓书院之名，想去拜访岳麓书院当时的山长罗典。罗典也是著名的学者、理学大师，和当时保守文人一样视袁枚为异类。

罗典因袁枚招收女学生，教女弟子写诗，就认为袁枚作为老师是乱了学规，拒绝见他，还在门上写了一副对联：不为子路何由见，非是文公请退之。

袁枚看了之后，一笑了之。虽被罗典拒绝，袁枚依然自由自在地在岳麓山遍览名胜。当时岳麓书院的许多学生慕袁枚之名，跟随他在山中畅游，袁枚与他们讲学论道，才学思想深为众弟子折服。

袁枚离开的时候，手书杜牧的《山行》托人转给罗典。罗典展开袁枚手卷一看，上面写着：

远上寒山石径斜，白云深处有人家。
停车坐枫林，霜叶红于二月花。

罗典细读后，不觉心中惭愧。

袁枚非常聪明，故意漏掉了"爱""晚"二字，是在善意的劝诫与批评。在袁枚的感化之下，罗典幡然醒悟，遂将岳麓山上的红叶亭改为爱晚亭。这便是岳麓山上著名的爱晚亭亭名的由来。当然也有学者考证说，这个故事张冠李戴，是将改爱晚亭名字的毕沅事迹放在了袁枚身上。

但无论怎样，袁枚收女弟子，冒天下之大不韪的特立独行，今天看来具有伟大的先行意义，在当时却被主流所否认、所诋毁，甚至所鄙夷、所诬蔑。因此我们就会明白袁枚为什么是袁枚，他为什么会写出《苔》这样的性灵小品。

"白日不到处，青春恰自来。"哪怕你们所谓的阳光照不到我身上，我也有过自己的一缕阳光，有我自己的光彩青春。一句"恰自来"是那么欢乐，那么轻松自在，完全不被环境所左右，不被所谓的主流、别人的价值所左右。这种自由自在、自去自来是何等的潇洒、洒脱与飘逸。接下来的"苔花如米小，也学牡丹开"，那种自信、那种昂扬、那种自得之乐，才会引发人在心灵深处的会心一笑。

这叫什么呢？

这就叫人生的志趣。

这种志趣中已经隐含着一种别样的情绪，但袁枚觉得还不够，又专门写了一首更体现志趣背后情趣的小诗。

《苔》是一组组诗，共有两首作品。我们现在熟悉的这首

"白日不到处,青春恰自来。苔花如米小,也学牡丹开"其实表现的是一种志趣。其二就更有意思了,表现了一种典型的情趣。

其二云:

各有心情在,随渠爱暖凉。
青苔问红叶,何物是斜阳。

这样写来实在太有趣了,是说青苔和红叶各有各的心情,各有各的快乐。你的价值、你的快乐并不能因为你的显要、你的耀目,就会对我的价值、我的快乐产生哪怕丝毫的影响。所以"随渠爱暖凉",有人爱暖有人爱凉,萝卜青菜各有所爱。

这个世界上甚至没有两片完全相同的叶子,凭什么就说你的价值追求是伟大的,别人的价值追求就是渺小的呢?这一问,内涵实在是太丰富了,既可以是讽刺、反问,也可以是戏谑,也可以是认真。你有你的阳光,我有我生命的光亮,太阳对你来讲很重要,对我来讲可能无所谓。细细揣摩,让人忍俊不禁。

综合袁枚的两首《苔》来看，真是一本人生的教科书，告诉我们人生的志趣与情趣缺一不可，提示我们既要有坚定的志向、强大的自信，此之为志趣；又要有快乐的生活、幽默的姿态，此之为情趣。

这就像陆游的名作《十一月四日风雨大作》。我们都熟悉他的"夜阑卧听风吹雨，铁马冰河入梦来"，其实那也是一首组诗，陆游同时创作了两首诗。其二诗云："僵卧孤村不自哀，尚思为国戍轮台。夜阑卧听风吹雨，铁马冰河入梦来。"这表现的是爱国诗人陆游的人生志向。而其一就别有情趣了："风卷江湖雨暗村，四山声作海涛翻。溪柴火软蛮毡暖，我与狸奴不出门。"因为这首诗我们才知道，原来伟大的爱国诗人陆游也是一个猫奴啊。一联"溪柴火软蛮毡暖，我与狸奴不出门"体现出的是何等的生活情趣，何等的幽默姿态，可谓妙到毫巅。

陆游的《十一月四日风雨大作》和袁枚的《苔》一样，都必须把组诗中的两首合读，相互参照。

这就是人生的境界。这也就像我们讲过的辛弃疾一样，左手《破阵子》右手《西江月》，人生的志趣与情趣缺一不可。这也是随园主人袁枚和随园里的精神传承，也是这首孤独了三百年却一时惊艳了亿万中国人的小诗的魅力所在。

愿每一种人生"随渠爱暖凉""各有心情在",愿每一个你我"苔花如米小,也学牡丹开"。

印象纳兰

——纳兰容若《浣溪沙·残雪凝辉冷画屏》(上)

当时人们眼中的纳兰公子是什么形象呢?可以用四个字来形容,叫作"侧帽风流"。纳兰的第一部词集就叫《侧帽集》,他亦师亦友的人生知己顾贞观还给他画了一幅肖像,用的就是"侧帽风流"的典故。

残雪凝辉冷画屏,落梅横笛已三更,更无人处月胧明。

我是人间惆怅客,知君何事泪纵横,断肠声里忆平生。

讲纳兰容若，一方面在我内心深处是极为渴望的。另一方面，又觉得好难好难。

渴望自不待言，那是因为极喜欢、极钟爱。觉得好难好难，倒不是因为纳兰研究中还有很多扑朔迷离的地方，比如他的初恋、他的少年情事。真正的难处，首先是要用灵魂去贴近那颗鲜活的灵魂。但这还不是最难的，最难的是可以感悟到、揣摩到他的灵魂就是那样，却很难把它说出来。

纳兰的词很多很美，但要解读纳兰，读懂纳兰，最好的自然莫过于这首《浣溪沙·残雪凝辉冷画屏》了。词云：

残雪凝辉冷画屏，落梅横笛已三更，更无人处月胧明。
我是人间惆怅客，知君何事泪纵横，断肠声里忆平生。

纳兰词真是不能读、不忍读啊！一读便勾起无尽伤心事，让人"断肠声里忆平生"。

这首《浣溪沙·残雪凝辉冷画屏》是解读纳兰印象的关键，但这里要把这个关键留在最后。我们先来看看所谓"纳兰印象"、所谓世人眼中的纳兰到底是怎样的。

熟悉我的朋友都知道，我还兼任南京的江宁织造博物馆馆长，这里曾是曹雪芹十四岁之前生活过的地方，而曹雪芹的祖父曹寅也在这里担任过朝廷的特派员。曹寅是纳兰的好朋友，也可以说是他的小伙伴。当然他们还有一个更重要的共同的小伙伴，那个小伙伴的小名小玄子，全名叫爱新觉罗·玄烨，当然世人更熟悉的称呼是——康熙大帝。

康熙生于顺治十一年（公元1654年）的三月十八日，纳兰生于顺治十一年的十二月十二日。曹寅则比他们俩小三岁左右。纳兰与康熙是表兄弟，曹寅和康熙更是情同手足。因为康熙是吃曹寅的母亲孙氏的奶水长大的，也就是说曹寅的母亲是康熙的乳母。纳兰和曹寅，一个是康熙的亲表弟，另一个则是情同手足的好兄弟，两个人还都做过康熙的侍卫。所以曹寅和纳兰之间感情也非常深厚，两人可谓莫逆之交。

曹寅作为江宁织造，其实是康熙派到江南的特派员。江宁织造馆里有一个地方叫作楝亭，看上去很普通，但当时这里却是整个江南的政治枢纽所在。曹寅后来自号"楝亭"，就是因为他喜欢在楝亭之上见客人、谈事情，包括招待他最要好的朋友。他就曾经在楝亭招待过纳兰。可是天妒英才，天不假年，年轻的纳兰容若却早早离开了人世。在纳兰辞世十年之后，曹寅和好朋友张纯修、施世纶在"楝亭"追思、纪念纳兰。几个人彻夜伤感，还绘有《楝亭夜话图》。

曹寅当时就作了一首诗，也是题画诗，就是《题楝亭夜话图》。其中写道："忆昔宿卫明光宫，楞伽山人貌姣好。马曹狗监共嘲难，而今触痛伤枯槁。"当然，这首诗里最有名的就是"家家争唱饮水词，纳兰心事几曾知"，这两句成为后来世人怀念纳兰时最常吟咏的名句。曹寅真不愧是纳兰公子的人生知己，可谓写尽了纳兰印象、印象纳兰。"家家争唱饮水词"其实说的是，在世人眼中纳兰有这样、那样的印象，可是纳兰自己的心事、纳兰在他自己的心中到底是怎样的形象？这却不足为外人所道、不足为世人所知。

既然我兼任江宁织造馆的馆长，又常闲坐在楝亭之上，那么我们就按照纳兰的人生知己——曹寅的逻辑，去看看世人以及纳兰心中对纳兰的印象。这里还要说一句，顾贞观，也就是纳兰平生另一个亦师亦友的知己，同时也是曹寅的好友，他也同样在《楝亭夜话图上》题写过这句："家家争唱饮水词，纳兰心事几曾知？"

那么，有关纳兰的印象与形象到底有多少种呢？

首先，世人的眼中纳兰是豪门贵胄、世家公子。纳兰是康熙的表弟，大家可以想见他的出身。但其实呢，纳兰的始祖是蒙古的土默特部，他们消灭了呼伦河流域的女真那拉部，占据了那拉部的地盘，并改姓那拉，那拉和纳兰只是音译的不同而已。后来这个部落又迁徙到叶赫河流域，称叶赫部。

后来女真族的建州女真一部兴起，接下来叶赫女真与建州女真之间的恩怨情仇，简直不能一语说尽。公元1619年，建州女真首领努尔哈赤亲率大军讨伐叶赫女真，最后绞杀了叶赫部首领金台石和布扬古，悉数吞并叶赫女真，煊赫一时的叶赫部就此灭亡。金台石的儿子尼雅哈"从龙入关"，成为降臣。

尼雅哈有四个儿子，其中第二个儿子，也有说是第三个儿子，就是纳兰明珠。纳兰明珠在康熙朝一时崛起，成为权倾一时的宰辅重臣。他的长子就是纳兰性德，后来取字容若，所以后人常称呼他纳兰容若。不过，纳兰性德其实原名纳兰成德，后来康熙帝立"保成"为太子，太子的名字里有个"成"，为了避讳，就改为纳兰性德。但后来，过了一年，保成又改名了，改名叫胤礽，纳兰又把名字恢复为纳兰成德。性德这个名字，其实只用了一年而已，但大家已经习惯了，后来约定俗成，很多书里就称他纳兰性德。

这样回头看，叶赫部首领金台石就是纳兰的曾祖父，金台石的妹妹孟古哲哲最终则成了努尔哈赤的第三大妃，生下一个儿子。这个儿子就是后来的清太宗皇太极。皇太极生顺治帝，顺治帝生康熙帝，如此论起来纳兰与康熙确实是未出五服、还在五服之内的表亲关系。

这样的出身和家世，在世人眼中，纳兰公子的人生自然应该是不同凡响。就像《红楼梦》里的怡红公子宝玉，是含着一块宝玉出生的。这样的出身、这样的对比，再加上曹雪芹的祖父曹寅更是纳兰的人生知己，因此在红学研究中，贾宝玉的原型是"纳兰"说盛行一时。尤其到了乾隆朝，据说和珅把《红楼梦》的抄本拿给乾隆皇帝看，乾隆皇帝看完之后，就笃定而感慨地说："此盖为明珠家事作也。"意思是乾隆皇帝也认为贾宝玉的原型就是纳兰容若。当然，不管红学中的争论如何，"窥一斑可知全豹"，从这个事例也可以看出世人对纳兰公子的认知，正所谓豪门贵胄，世家公子。

那么，当时人们眼中的纳兰公子又是什么形象呢？可以用四个字来形容，叫作"侧帽风流"。纳兰的第一部词集就叫《侧帽集》，他亦师亦友的人生知己顾贞观还给他画了一幅肖像，用的就是"侧帽风流"的典故。

所谓"侧帽风前花满路""侧帽风流独孤郎"，说的是

《北史》中记载的一段轶事。北朝的时候，有一大美男子，名曰"独孤信"。他驻守秦州的时候，有一次外出打猎，日暮时分方才回城，眼见着城门要关闭，独孤信不由得有些着急，遂策马狂奔。因为风阻太大，不经意间帽子就被风吹得歪斜了。独孤信进城之后并没有注意到这一点，但第二天一出门便发现了一个奇怪的现象。满城的男子，只要是戴帽子的，帽子都微微侧斜。这说的就是独孤信太帅了，他的一个不经意的动作，都能创造一种时尚潮流，这就叫"侧帽风流"！

时人以"侧帽风流"来形容纳兰，就可见他长得帅成什么样。可不论是世人眼中的世家公子，还是时人眼中的"侧帽风流"，都属于简单的大众印象，太过表面，也太过肤浅。要了解一个人，了解有关他的印象，其实要看他的友人、他的家人、他的亲人对他的印象。当然最最重要的是要看他内心深处对自我的印象，这也正是这首《浣溪沙·残雪凝辉冷画屏》所能告诉我们的。

我是人间惆怅客　不是人间富贵花

——纳兰容若《浣溪沙·残雪凝辉冷画屏》（下）

我与世界格格不入，我只与你惺惺相惜。因为我们都是一类的人，我们的惆怅、我们的痴情、我们的深情，就是我们的命运。

残雪凝辉冷画屏,落梅横笛已三更,更无人处月胧明。

我是人间惆怅客,知君何事泪纵横,断肠声里忆平生。

在友人看来，纳兰十分豪侠仗义。这一点，他和亦师亦友的人生知己顾贞观可谓是一般无二。

我们常说物以类聚、人以群分，顾贞观真是与纳兰颇为相似。顺治十四年（公元1657年），清朝历史上著名的"丁酉科场案"震惊朝野。

顺治帝下旨将举人全部押送到北京，由顺治重新进行复试。复试的过程中，一个名叫吴兆骞的人居然交了一张白卷。当时舆论大哗，有人说他胆小，吓得提笔忘字；有人说他恃才傲物，故意卖弄。其实，这个吴兆骞确实有几分名士的做派。他看到当时考场如同刑场的景象，感慨万端，把笔一扔，说："焉有吴兆骞而以一举人行贿者乎？"那语气、那姿态，当真有几分清高。这一下触怒了顺治帝，当即把他发配到宁古塔充军，吴兆骞从此踏上了长达数十年的北国流放之途。

吴兆骞有一个好朋友，就是他的江苏老乡顾贞观。顾贞观年轻时即加入了吴兆骞兄弟主盟的"慎交社"，如今眼见吴兆骞蒙难，流放宁古塔，顾贞观立下"必归季子"的誓言，并写下《金缕曲》二首，寄给深陷北地苦寒狱中的吴兆骞。两阕《金缕曲》，情意深重，在当时即被时人传诵为"赎命词"，成为清词中的压卷之作。

可是顾贞观空有热血，却求告无门，最后只得来求纳兰容若。纳兰容若知此事艰难，康熙作为顺治的儿子，哪有去翻顺治钦定大案的道理？但终究被顾贞观的侠义心肠所感动，他虽然与吴兆骞并无交集，更不相识，但为了生死知己顾贞观，他期以"五年之约"，答应一定拯救吴兆骞南还。他因此来求自己权倾一时、身为相国的父亲纳兰明珠。

明珠本是官场老手，知道这件事难度很大，是看在儿子难得求自己的份上，勉为其难答应去试一试，但有个前提条件，要顾贞观亲自面谈。

顾贞观来拜见明珠，明珠笑着对顾贞观说，听说你从来不喝酒，愿意为了你的朋友吴兆骞干了这杯酒吗？顾贞观当即一饮而尽。明珠又笑着说，那你能不能为了吴兆骞学满人请安呢？顾贞观也接受了。明珠当即感慨说，没想到你为了朋友，为了情义，能做到如此地步，此事我必当竭尽全力。但此事的确不是一般的难，明珠即便权倾朝野，费尽心机，也在多次反复之后，才终于在"五年之约"的第五年将吴兆骞从苦寒的北地营救回来。

顾贞观为吴兆骞，纳兰容若为顾贞观，为一份友情，为一份承诺，殚精竭虑、不畏千难万难，真是只为君子一诺、友情深重。

但吴兆骞营救回来之后，二人对此事却绝口不提。而吴兆骞虽经流放之苦，却本性难移，甚至因小事而误解顾贞观。后来明珠把吴兆骞找来，吴兆骞进入厅堂之中，见左边写着"顾贞观为吴兆骞饮酒处"，右边写着"顾贞观为吴兆骞屈膝处"，幡然醒悟，方知顾贞观和纳兰容若为他的归来竭尽了心力。

顾贞观与容若行豪侠仗义之举，为救友人不辞艰险，功成之后又不计得失，当时人都说，能结交顾贞观和纳兰容若这样的朋友，实是世人平生之大幸也。

那么，在当时除了豪侠重义，大家还怎么看纳兰容若的呢？这就要提到纳兰另外两个名字了。一个叫"成容若"，一个叫"渌水亭主人"。

渌水亭其实是纳兰容若的别业，今天的学者对于渌水亭到底是在什刹海还是玉泉山下，还有争论。但不论它在哪儿，都是清初最著名的文化沙龙。渌水亭是容若和他的文人朋友们聚会之所，清初著名的文人、士大夫，比如朱彝尊、陈维崧、顾贞观、姜宸英、严绳孙这些汉族知识分子，都围绕在纳兰容若的身边，常出现在他的渌水亭别业。

在渌水亭的朋友圈里,只有文人与文人之交,并无满汉之别。朱彝尊等人待容若便像对待汉族知识分子一样,无丝毫芥蒂之心。所以他们有时称容若为"成容若",纳兰很多时候也称自己为成容若。

前文说过,他本名纳兰成德,"成德"语出《易经》"君子以成德为行";而《仪礼》则云:"弃尔幼志,顺尔成德。"郑玄注曰:"既冠为成德。"后来"文起八代之衰,道济天下之弱"的韩愈曰:"左右前后,罔非正人,是以教谕而成德也。"一代心学大师王阳明的《传习录》则曰:"学校之中,惟以成德为事。"所谓"成德",在儒家看来既是人生成长的现实需求,又是人生追求的终极目标。所以文人以"成容若"呼之,而纳兰以"成容若"自名,就是在标举纳兰是标准的儒生。

虽然出身不同,但纳兰容若与那些杰出的汉族知识分子一样,内心的灵魂成长与终极归宿,都是儒家的,都是一样的。

正因为这种高度的一致性,年轻的纳兰以他深厚的儒学功底编纂了清代最早的阐释儒家经典的大型丛书——《通志堂经解》。纳兰校订的《通志堂经解》,多达一千八百卷,一经问世,就引起人们的普遍重视,当时书肆一版再版。除了《通志堂经解》,纳兰还著有《通志堂集》,其中有经解序跋、诗文辞赋，以及《渌水亭杂识》四卷。因为这一功底、这份成就，国学大师梁启超甚至称纳兰为"清初学人第一"。

当然，纳兰的学问再高深，也不如他的词作来得光彩照人、夺人心魂。况周颐称纳兰为"国初第一词人"，认为纳兰对清初诗坛有开创之功。谢无量则以为纳兰"独为一时之冠"。胡云翼更是直言："他（纳兰性德）的小令，在清代是无足与抗衡的。"当然最有名、也是最权威的评价，便是王国维先生认为，纳兰在词史上是"北宋以来，一人而已"。这一评论居然可以置南宋元明诸家于不顾，可谓一语推翻词坛五百年之定论。

不过，这些荣耀、这些印象，不论是友人眼中的豪侠仗义，还是文人眼中的渌水亭主人、成容若，还是学人眼中的清初第一学者，"北宋以来，一人而已"，这些印象难道就是最真实的纳兰吗？在家人的眼中，纳兰的形象、纳兰的印象又是怎样的呢？

纳兰明珠权倾朝野，曾经要把自己这个儿子着力培养。他以为作为父亲他是了解孩子的，可惜纳兰容若短寿，天不假年。据说明珠晚年罢相之后，在家中读起《饮水词》，一边读，一边不禁老泪纵横，只是流着泪叹息说，这孩子什么都有了，怎么还会这么不快乐呢！

　　是啊，除了世人、时人、友人、文人、学人、家人眼中的纳兰，还有一种印象的纳兰，活在纳兰自己的心中，活在他的《饮水词》里。这一种印象的纳兰，又是怎样的呢？答案就在这首《浣溪沙·残雪凝辉冷画屏》里。

　　"残雪凝辉冷画屏"，不由得让我们想起杜牧的《秋夕》。所谓"银烛秋光冷画屏，轻罗小扇扑流萤。天阶夜色凉如水，坐看牵牛织女星"。虽是冷清秋天，却还有一种别样的温度与向往。可纳兰的"残雪凝辉冷画屏"，比杜牧的"银烛秋光冷画屏"要冷多了。残雪映衬的月光折射在画屏之上，那就不只是冷，而是那一切都仿佛被冻住了一般。"落梅横笛已三更"，已是三更天了，不知哪里传来"落梅曲"的笛声。笛声呜呜咽咽，在这夜色里真是如怨如慕，如泣如诉。可是远远寻去，却"更无人处月胧明"，哪里见得到那个吹笛人的踪影啊，只有那清冷的月色罢了，在这笛声里，变得越发地朦胧、凄清。

　　上阕三句，其实在写一种背景。但是背景中，又带着一种因果。因为有因果，所以才有对自身命运的认识，才有下阕突如其来的"我是人间惆怅客，知君何事泪纵横"。我是和你一样的人啊，都是这人世间惆怅而痴情的生命，我虽与你并不相识，可是我却能听懂你的心事，听懂你的惆怅。我与世界格格不入，我只与你惺惺相惜。因为我们都是一类的人，我们的惆怅、我们的痴情、我们的深情，就是我们的命运。谁的脸上满是泪水，谁的心中满是伤痕？只有你和我这样的人吧？所以我也彻夜不眠，在你的笛声里，看到我真实的魂灵，看到我既定的命运——"断肠声里忆平生"。

是啊，难怪明珠不解他这个儿子为什么会是"人间惆怅客"；惆怅还不够，还要泪纵横；泪纵横还不够，还要断肠声。明珠永远也不会懂，如此锦衣玉食、如此富贵繁华，为何容若还要如此断肠、如此哀苦？

纳兰容若有一首《采桑子》，词云："非关癖爱轻模样，冷处偏佳。别有根芽，不是人间富贵花。　谢娘别后谁能惜，飘泊天涯。寒月悲笳，万里西风瀚海沙。"对于雪花，最懂它们的该是才女谢道韫吧！而容若觉得自己就应该是那雪花，"冷处偏佳，别有根芽，不是人间富贵花"。可他偏偏生在富贵人家，偏偏被层层包裹在锦衣繁华里。只是谢娘不可再遇，举世茫茫，谁又能懂容若？大概只有他自己才能在心中看见灵魂的雪花。

他是一道轻盈的生命，却又是一道惆怅的生命。他的痴情、他的深情，无人能懂，也只有他的《饮水词》，能折射出他灵魂中自己的印象来。为什么会有这样的纳兰，为什么生在相国之家的纳兰，却是"人间惆怅客"，不是"人间富贵花"？这种巨大的反差，这种内敛的深情，其实正是让世世代代的人们对纳兰痴迷的关键所在。

从印象的角度看，纳兰容若留给世人的最终印象是那么儒雅、那么深情，仿佛与他满族八旗子弟和相国公子的身份格格不入。但从文化的角度看，纳兰的儒雅与深情，其实暗藏着两种身份——儒雅背后的"儒生"身份，和痴情深情背后"情种"角色。而这两种身份和角色其实都和满汉文化的交融息息相关。

清军入关，以八万铁骑统治万里神州，初时靠铁血手腕，但在文化上，相比于中原文明他们其实孱弱得多。清廷统治者知道，如果不进行汉化，不进行民族文化的融合，他们终究会被逐回大漠。在清初满汉融合的进程中，两种文化既有撕扯的纠缠，又有交融过程中基因的突变。纳兰即可谓是这两种文化交融过程中，基因突变最璀璨的展现。

满文化的豪纵不拘，加上汉文化的深厚积淀，再加上儒家文化的沉厚内敛，造就了一身儒生气质的满族公子纳兰。他对友人的豪侠仗义，他在文人眼中的博学儒雅，都体现出最典型的汉化与儒化的结果。在情感领域，满文化的单纯加上汉文化的深情，再加上纳兰本身的和儒家最为提倡的赤子之心，造就了一个无比痴情的绝世情种。

在大文化的背景里，纳兰容若的儒雅与深情作为一种极其奇特、极其典型的现象，非常引人深思、发人深省。当然，我们不必苛求一定要有那么宏大的视野，即便退回到生命本来的层面，纳兰的出现也可以证明，生命本来就有足以令人震撼的奇迹。

有一种生命，必定会将深情、痴情、儒雅与温暖演绎到极致。它们的存在，就是向世间证明，有一种纯粹、有一种一往情深，是我们人之为人、独立于世间万物的、亘古不灭的永恒！

图书在版编目（CIP）数据

道是无情却有情 / 郦波著. —上海：学林出版社，2020.4
（郦波品诗词与人生）
ISBN 978-7-5486-1647-4

Ⅰ.①道… Ⅱ.①郦… Ⅲ.①古典诗歌—诗歌欣赏—中国 Ⅳ.①I207.2

中国版本图书馆CIP数据核字（2020）第047730号

策　　划	夏德元
责任编辑	胡雅君
封面设计	海未来

郦波品诗词与人生 肆

道是无情却有情

郦波　著

出　　版	学林出版社
	（200001　上海福建中路193号）
发　　行	上海人民出版社发行中心
	（200001　上海福建中路193号）
印　　刷	上海丽佳制版印刷有限公司
开　　本	890×1240　1/32
印　　张	6
字　　数	9万
版　　次	2020年5月第1版
印　　次	2020年5月第1次印刷

ISBN 978-7-5486-1647-4 / I·224
定　　价　36.00元